DIMITRI GALUNOV

Blanca Miosi

Copyright © 1209272408807 2012, Blanca Miosi
ISBN: 9781080010721
Diseño de cubierta: Juan Carlos Arjona y Miguel ángel Colo.

A Henry, siempre

1

Dimitri tenía aún los recipientes vacíos en las manos cuando escuchó la sirena de los bomberos. Los gritos de los hombres dando y recibiendo órdenes en el vano intento de apagar el fuego terminaron por aturdirlo, hasta que sintió que alguien lo sujetó del brazo con fuerza. Quiso escapar y no pudo, los chillidos que salieron de su garganta parecían provenir de otra persona mientras su casa se quemaba y toda su familia estaba dentro, *¿acaso no lo entendían?* Vio al médico de la ambulancia que venía hacia él, luego sintió un pinchazo en el brazo y después no supo más.

Lo primero que vio al abrir los ojos fue una estrecha ventana enrejada por donde se filtraba la luz de la luna. Quedaba tan alta que le parecía imposible llegar a ella, por lo menos para alguien tan pequeño como él. Miró en derredor y observó que estaba en un cuarto reducido. Pudo distinguir una puerta oscura que permanecía cerrada. Alzó la mirada hacia el ventanuco enrejado y mientras contemplaba las estrellas se preguntaba qué hacía él allí. Una nube pasó delante de la luna que asomaba y las sombras cubrieron la celda. Pensó que tal vez nunca más podría ver el cielo como cuando corría libre por el bosque. No tenía idea del tiempo transcurrido. Sus recuerdos parecían haberse borrado de su memoria y por más esfuerzos que hizo, no pudo aclarar en su mente los acontecimientos recientes, excepto del momento en el que sintió que una aguja se clavaba en su brazo sumiéndolo en la oscuridad. Unas horas o unos cuantos días, para él no hacían mayor diferencia. Estaba encerrado.

Hizo el intento de acomodarse mejor, pero no pudo. Tenía los brazos cruzados y no podía moverlos. Se impulsó hacia delante y logró sentarse en cuclillas, tratando de acomodar su cuerpo a sus extraños ropajes. Estaba solo y a oscuras, pero acostumbrado a permanecer por largo tiempo en soledad, le restó importancia al asunto. Nunca temió a la soledad. Ni a la noche. Cerró los ojos y trató de pensar en algo que le fuera familiar: Su mamá, siempre llamándole la atención, de ella sólo recordaba con agrado su pastel de manzanas. Su padre, en cambio, era más cariñoso con él, lo llevaba al bosque a cazar conejos aunque nunca pudo aprender, o no quiso hacerlo. Le desagradaba matar animales. Su hermano mayor, Wilfred, era indiferente con él, apenas le dirigía la palabra; ni le interesaba saber que sacaba buenas notas en la escuela. En realidad hasta quizá le molestase, por ser los únicos momentos en los que él, Dimitri, era el centro de la atención. Excepto el día que trajo al lobezno. Se armó tal escándalo en la casa, que hasta su padre, siempre comprensivo con él, se mostró inflexible y le ordenó llevar el cachorro al bosque o de lo contrario, le dijo, «lo mataría allí mismo».

Un grito desgarrador irrumpió en la noche. Al poco tiempo, otras voces igual de lastimeras le siguieron, llenando el silencio con aullidos parecidos a los que haría una jauría de lobos. Dimitri se limitó a escuchar. Y en medio de los alaridos empezó a recordar. Antes del pinchazo escuchó decir a alguien que debían encerrarlo en un manicomio. Parecía que habían cumplido su palabra. No tenía quién lo defendiera, sus padres y su hermano estaban muertos. Quemados. Y según decían, él lo había hecho. En buena cuenta se sentía culpable porque debió llegar antes y no evitó la tragedia. Se quedó jugando con el cachorro de lobo más tiempo del que debiera, a pesar de que la voz le repetía insistentemente que fuera a casa.   La voz... *¿Qué sería de ella?* Pensó.

Un grito ordenando silencio irrumpió entre los aullidos; los alaridos y exclamaciones se trocaron en lamentos; el sonido de los chorros de agua se mezcló con el ruido acallando las voces poco a poco, hasta dejar la noche otra vez sumida en el silencio. Levantó la cabeza y volvió a mirar al cielo a través de la pequeña ventana; la luna terminaba de hacer su recorrido frente a él, trató de aferrarse a su imagen dejando a un lado los aullidos, el incendio, las acusaciones, la inyección... Y los guardó en lo profundo de su cerebro. Y la luna desapareció. Ahora él estaba allí, solo, en aquel lugar ajeno, sin sentir pena ni culpa, ni extrañar nada, excepto al cachorro de lobo. Le reconfortó saber que estaba libre. Volvió a sentir el pesado sopor que lo obligó a cerrar los ojos.

Una mujer corpulenta vestida con un blanco uniforme almidonado le abrió un ojo. Despertó sobresaltado, mientras veía la sonrisa displicente en la cara de la que parecía ser una enfermera a pocos centímetros de su rostro. Su aliento olía a tocino mezclado con café.

—Hola, Dimitri —saludó la fornida mujer.

—Hola —contestó él.

—¿Sabes cómo te llamas?

—Dimitri Galunov.

—¡Ah!, correcto —contestó la mujer, mientras consultaba unas notas que traía en la mano.

—¿Sabes por qué estás aquí?

—No.

—¿Sabes dónde está tu familia?

—Todos murieron.

—¿Sabes cómo murieron?

—Quemados.

—Correcto —repitió la mujer corroborando las notas, como si cada contestación mereciera una evaluación.

—¿Sabes quién los quemó?

—No.

—Humm... No. No es la respuesta correcta —dispuso la mujer mientras movía la cabeza negativamente.

—No fui yo. Yo no lo hice —recalcó Dimitri.

—Eso no fue lo que dijeron quienes te trajeron. ¿Te gusta jugar con fuego? —preguntó ella con una sonrisa.

Dimitri permaneció callado. No quiso seguir contestando sus preguntas. Le parecía que la mujer estaba loca. Pero ella siguió haciéndolas: ¿Cuál era su dirección? ¿Cómo se llamaban sus padres?, los nombres de sus amigos, si recordaba el de su profesor... Dimitri miraba al frente, había dejado de mirarla, de olerla, de oírla. Había entrado a sus tinieblas, único lugar seguro, donde nadie lo molestaba jamás. No podrían entrar allí. Era un lugar tranquilo, silencioso, olía a hierba fresca y podía corretear por el pasto. La enfermera lo liberó de la camisa de fuerza y él se dejó llevar mansamente por un largo pasillo hasta detenerse frente a una puerta. «Dr. James Brown – Director», decía el letrero.

Un hombre sentado frente a un escritorio fijó su vista en él. Vio a un niño pequeño y delgado, de cabello castaño y ojos negros, que parecía tener la mirada perdida, como si se hallase en otro lugar. Buscó en la ficha que tenía en el escritorio y leyó: Dimitri Galunov.

Dimitri vagaba por las praderas de su mundo velado, desde podía observar todo sintiéndose seguro, así había sido desde que escuchó a su madre discutir con su padre recriminándolo por haberlo recogido del bosque. *¿Del bosque?* Agrandó los ojos saliendo de su ensoñación y con los sentidos en alerta, descubrió que acababa de recordar algo que no sabía. *Había sido recogido del bosque... Como el cachorro. La familia que había muerto no era la suya.*

La mujer se retiró de la oficina dejándolo de pie frente al escritorio.

«Dimitri Galunov, once años, procedente de Old Village, acusado de haber dado muerte a su familia. Todos resultaron quemados mientras dormían. El niño fue encontrado con un bidón de combustible vacío en cada mano». Decía el informe.

—Dimitri, ¿pasaste bien la noche? —preguntó el doctor Brown.

Tenía voz atiplada, casi nasal. Un pequeño movimiento de su hombro derecho denotaba su carácter nervioso.

—Sí. Gracias, señor.

—¿No hubo nada que te perturbara?

—A decir verdad, señor, me incomodó tener los brazos amarrados. También los gritos.

—¿Los gritos? —preguntó Brown, mirándolo con agudeza.

—Alguien se puso a aullar y luego todos los demás lo hicieron.

—¡Ah! Te refieres a *esos* gritos... ¿tú también gritaste?

—No, señor.

—Bien, bien... Dimitri: Dependerá de tu proceder para el trato que se te dé. Cuanto mejor te comportes será mejor para ti y para todos, equivalentemente, espero de ti acatamiento a las normas de esta institución. La guardiana Rose sabrá ponerte al corriente.

Dimitri pensó que el hombre era demasiado complicado para hablar. Con haberle dicho: «Pórtate bien y te trataremos bien», hubiese bastado. Pero se dispuso a escuchar una arenga como las que acostumbraba dar el director de la escuela.

—En tu expediente figuras como un magnífico estudiante. También dice que te relacionabas de manera normal con tus *congéneres* y *coterráneos*. ¿Qué fue lo que te impulsó a *siniestrar* a tu familia? —preguntó el hombre con su particular manejo del idioma.

—No era mi familia —respondió Dimitri recordando lo anterior.

—¿Fue por eso?

—No los quemé yo. Cuando llegué encontré unos envases de combustible vacíos y fue por eso que los tenía en las manos. La casa hacía mucho rato que estaba ardiendo.

—¿Por qué expresas que no era tu familia?

—Me recogieron cuando era muy pequeño. Pero yo los quise como si fueran mis padres, les estoy muy agradecido...

—Sigue... sigue, pequeño, descarga todo lo que tengas dentro.

—Ya no tengo nada más que decir. Era todo.

—Ya veo... —dijo Brown entornando los ojos, mientras acomodaba su hombro derecho con un movimiento giratorio—. Bien... bien... Dimitri. Esta es una institución donde están recluidas las personas que tienen algunos trastornos mentales, los cuales nosotros procuramos curar. De ninguna manera podría negar que hay casos que son absolutamente incurables y entonces no nos queda más remedio que albergarlos de la mejor manera posible... pero ellos gritan... siempre gritan... —de un momento a otro pareció estar muy interesado en una esquina del techo. Sacudió la cabeza como si recordase que Dimitri estaba aún frente a él y prosiguió—: La guardiana Rose está a cargo de la sección juvenil, ella será tu mejor consejera. Cualquier problema o idea que se te ocurra, se lo dirás a ella. Ahora te llevará a la sección de higiene, donde serás sometido a un examen completo y un delicioso baño desinfectante, luego tomarás tu desayuno y posteriormente se te mostrará tu lecho en tus *aposentos*. ¿Has comprendido? ¿Existe alguna interrogante que desees hacer?

—Sí, señor, ¿es necesario que me bañe? Yo me bañé hace poco... Además, no acostumbro hacerlo en lugares extraños.

—No hay forma de evadirlo —dijo el director haciendo un esfuerzo para no sonreír.

Levantó la barbilla para indicar con ello que el asunto había concluido. Pulsó una campana como las que hay en la recepción de los hoteles y casi al instante apareció Rose.

—Sígueme, Dimitri —dijo con su gruesa voz.

Desde su escritorio Brown los vio alejarse por el largo corredor, la figura del delgado chiquillo caminando detrás de la imponente figura de la guardiana Rose tenía una patética comicidad. Sonrió con tristeza.

Poco después, Dimitri era examinado hasta en los huecos de las orejas. Luego siguió el temido baño, que afortunadamente era con agua tibia aunque el olor del jabón le pareció repugnante. Mientras se enjabonaba la cabeza recordó las rebuscadas palabras del director: «se te mostrará tu lecho en tus aposentos» «¿existe alguna interrogante que desees hacer?». Fue sorprendido sonriendo por la guardiana Rose. Tenía la impresión de que su cara era como una máscara de ceño fruncido y la boca con una eterna mueca de insatisfacción.

—No tardes, Dimitri. Aquí tienes tu ropa.

Dimitri salió de la ducha y se envolvió en la toalla de un tono sospechosamente grisáceo que reposaba en un banco, y recibió las prendas que, en una actitud de falso comedimiento, le alargó Rose.

Una vez vestido con una camisa que le quedaba un poco grande y pantalones con elástico en la cintura, caminó detrás de Rose por otro pasillo lleno de puertas hasta llegar a un recinto amplio y alargado de techos altos. En una mesa también larga, varios niños de edades aproximadas a la suya se hallaban sentados formando un conglomerado bastante llamativo. Uno de ellos trataba de alcanzarse la nariz con la lengua, mientras que el de su derecha tenía las manos en puños y miraba al techo balanceándose hacia atrás y adelante. Era la primera vez que veía a tantos niños en actitudes tan raras. En lo único en que se parecían era en la mirada inexpresiva. Dimitri conocía esa mirada; él apelaba a ella muchas veces cuando deseaba huir de lo que no le agradaba. *¿Se vería como aquellos?*

El panorama ante sus ojos era terriblemente desalentador, pero tenía hambre; no era el mejor momento para huir a sus tinieblas. Tomó asiento en el sitio asignado tratando de no acercarse demasiado al chico del balanceo, que no se había percatado de su llegada. Frente a él, una taza de leche que aún humeaba y un pan con mantequilla, le hicieron olvidar por un momento todo lo que no fuese saciar su apetito. Dimitri dio cuenta del desayuno con la velocidad propia de quien teme que le sea arrebatada la comida; no había probado alimento desde hacía mucho. Notó que Rose observaba satisfecha su actitud, era obvio que encontraba su comportamiento acorde con lo que se esperaba de él. Entonces Dimitri supo que debía actuar como uno más de ellos, así lo dejarían tranquilo.

Tan pronto como terminó la colación se quedó quieto, mirando disimuladamente al resto de los comensales. La guardiana Rose había dejado de prestarle atención. Un chico esmirriado y pecoso le sonrió y levantó el brazo enseñándole un lunar grande y rojizo, se puso de pie y dio la vuelta a la larga mesa hasta sentarse a su lado.

—Este lunar es mío. Es mi marca, me hace diferente de todos. Mi caballo tenía uno en la frente, pero yo lo tengo aquí, en el brazo.

—Me alegra que tú y tu caballo tengan la misma señal —se le ocurrió responder a Dimitri.

—¡Sabía que entenderías! ¿Cuál es tu marca?

—Yo no tengo caballo.

—Es una lástima.

—Pero tengo un cachorro de lobo. Él tenía una marca invisible en el lomo, yo también la tengo en la mano, mira —dijo Dimitri señalando el dorso de su mano izquierda—, ¿la ves?

—No. No veo nada en tu mano.

—Es invisible.

—¡Claro! Es invisible... espero verla dentro de poco. Humm... hueles a jabón. Ya veo que pasaste por la enfermería. Mi marca me protege de todos. Solo tengo que tocarla y listo, no siento nada ni escucho nada —terminó de decir el chico pecoso guiñándole un ojo. Regresó a su lugar con agilidad, justo cuando Rose volvía al lado de Dimitri.

—Veo que trabaste amistad con Florence. ¿Te gustó el desayuno? —no esperó respuesta. Con una regla de madera dio fuertes golpes en la mesa para llamar la atención y prosiguió—: Les presento a Dimitri. Dimitri Galunov será su nuevo compañero y espero que se porten bien con él.

—Hola Dimitri. Me llamo Florence —dijo el muchacho pecoso guiñándole un ojo.

—Hola Florence —respondió Dimitri.

Algunos repitieron: «hola Dimitri», como en una lección largamente aprendida. El resto siguió ocupándose de sus propios asuntos, como si la cosa no fuera con ellos.

Le esperaba un largo día. Un largo día y algunos años, tratando de que su comportamiento se adecuase al de los otros. Por momentos no sabía si el loco era él o los demás, y hubo muchos días y noches en los que su única salvación era huir a sus tinieblas. Le ayudaba a sobrevivir. Aprendió que el buen comportamiento era apreciado con premios como la lectura. Cierto día el director lo mandó a llamar. Le dijo que sería sometido a algunas pruebas para comprobar si los métodos estaban dando resultados. Dimitri creyó encontrar una luz en su oscuro mundo de fantasmas vivientes, y trató de realizar las pruebas de una manera que no le hiciera ver como una persona inteligente y normal, sino como un enfermo en proceso de curación. Sabía que era lo que se esperaba de él, y él los complacería.

2

El doctor Brown parecía estar tan satisfecho con sus progresos, que sugirió a la junta directiva del hospital que fuese tratado de manera diferente. Le dieron algunas responsabilidades, como ayudar en la limpieza del comedor y cuidar de que todo se mantuviese en orden. Si algo se salía de control debía llamar de inmediato a la guardiana Rose. Después de un año en el psiquiátrico, debido a su buena conducta, Dimitri tenía libre acceso a la biblioteca, su lugar favorito. Pasaba largas horas allí después de cumplir con sus obligaciones, y leía cuanto libro encontraba en aquel lugar donde abundaban los tratados de ciencia y otros de ese tipo, poco apropiados para un niño de doce años. Pero eso no era óbice para que Dimitri dejase de leer. Devoraba con avidez los tratados de Psicología de Adler y Freud, también los libros de matemáticas, de física, astrofísica y astronomía, al principio sin entenderlos, pero después, con verdadero interés. Justamente una tarde en la que estaba absorto en un viejo libro de Isaac Newton, pasó por la biblioteca el doctor Brown. Lo observó hojeando un libro en cuya tapa se leía: *Philosophiae naturalis principia mathematica*. Con curiosidad al comienzo, y después con creciente atención, estuvo unos minutos esperando a que Dimitri diese muestras de aburrimiento por un libro tan estéril para un niño de su edad. Con sorpresa, reparó que aparentemente Dimitri no hojeaba: *leía,* pero lo hacía tan rápido que las páginas corrían velozmente. El director carraspeó ligeramente para hacerse notar y Dimitri cerró el libro con rapidez.

—¿Qué estás leyendo? —preguntó Brown simulando desinterés.

Dimitri guardó silencio y bajó los ojos. Los fijó en la punta de los zapatos de Brown como si toda su atención se hubiese concentrado en ellos. Con Rose surtía efecto, pero parecía que el director no caía en la trampa. Brown tomó asiento y cruzó cómodamente las piernas como si no tuviese intenciones de dejar la pregunta en el aire. Dimitri lo observó con detenimiento; siempre le había parecido una buena persona. Se arriesgó y contestó.

—A Isaac Newton.

—¿Sabes quién fue él? —preguntó Brown levantando ligeramente el hombro, mientras estiraba el cuello.

—Sí. Fue un gran matemático, un científico. Descubrió el binomio de Newton y los elementos del cálculo diferencial —dijo Dimitri tras un pequeño titubeo. Tenía temor de que supiera que no estaba loco.

—¿Es eso lo que acabas de leer? —preguntó el doctor Brown frunciendo el ceño. Estaba pasmado, alargó la mano para tomar el libro que estaba sobre la mesa. Lo abrió y preguntó—: ¿Cómo puedes leer en latín?

Dimitri no contestó.

—No temas, hijo, no te haré ningún daño, únicamente deseo saber cómo puedes hacerlo —dijo Brown casi en un susurro.

—No sé, señor, únicamente lo leo. No sabía que era latín. Este es el tercero de sus Principios —se animó a decir Dimitri.

—¿Cómo dices?

Dimitri notó que Brown no terminaba de acomodarse el hombro.

—Sí señor, el primero trata de las tres leyes del movimiento. El segundo, de los movimientos de los cuerpos en medios resistentes, como los gases y los líquidos, y el tercero, de la fuerza de la gravitación en la naturaleza y el universo.

Brown se había quedado de una pieza. No lo podía creer. Él mismo no lo habría definido mejor.

—¿Qué sabes de Newton? —preguntó con cautela.

—Nació en Woolsthorpe, Lincolnshire, Inglaterra, el 4 de enero 1643 y murió en Londres el 31 de marzo de 1727. Aunque hay otra fecha que se atri...

—¿Cómo aprendiste a leer tan velozmente? —interrumpió el doctor Brown, que no salía de su asombro.

—Tuve que aprender, porque no me queda mucho tiempo después de mis labores. —Fue la escueta respuesta de Dimitri.

Brown estaba desconcertado. El chico era un superdotado y ellos lo tenían por loco. ¿Cómo no lo notaron antes? Las evaluaciones daban resultados diferentes. Empezó a caer en cuenta que el chico les había estado engañando. O tal vez se tratase de algún extraño caso de autismo.

A partir de ese día, el doctor Brown procuró mantener una relación más estrecha con Dimitri. Trató de ganarse su confianza. Al principio fue un poco difícil, pero gradualmente se fue derrumbando la barrera que el niño había interpuesto entre ellos y lograron una sincera relación. Llegó a interesarse genuinamente por su caso y conoció las injustas circunstancias en las que había sido tomado por loco. Comprendió también que no era conveniente de que se enterasen de su inteligencia superdotada. Por lo menos no las personas inapropiadas. El chico era un genio, había que ayudarlo, en primer lugar sacándolo del hospital, porque según las leyes él había cometido un crimen horrendo y por el momento era conveniente mantenerlo en esa institución y no que fuera catalogado como una persona normal y después enviado a la cárcel, al cumplir la mayoría de edad.

—Dimitri, creo que sé cómo hacer para que obtengas tu liberación —le dijo Brown una tarde.

—¿De veras? ¿Se refiere a mi libertad? —inquirió Dimitri con la esperanza reflejada en sus ojos.

—Eso es correcto. Voy a *exhortar* para que seas trasladado a un reformatorio cuando cumplas los catorce años.

—Un reformatorio... ¿ese lugar no es para muchachos con problemas de conducta? —preguntó Dimitri desalentado.

—Por lo menos es un lugar donde no hay locos... con un buen proceder tal vez obtengas la libertad al cumplir los dieciocho.

—¿Y a quién va a *exhortar* para mi traslado?

—¿Cómo dices?

Era indudable que Brown no acostumbraba escucharse a sí mismo, pensó Dimitri. Pasó por alto la pregunta y fue a lo que le interesaba.

—Pero falta tanto para eso, señor. Tengo trece, en cinco años más creo que me moriré.

—No te desanimes. La directora del reformatorio es *amicísima* mía. Le hablaré de tu caso, sé que ella encontrará atenuantes para que salgas. Tu buen proceder e inteligencia harán el resto. Eso puede coadyuvar en favor tuyo.

—Doctor Brown, no tengo otra salida así que haré lo que diga. Haré lo que sea con tal de ser libre.

—El reformatorio puede ser un lugar extremadamente recio. Habrás de estar dispuesto para vértelas con facinerosos juveniles, ellos estarán prestos a hacerte daño por cualquier causa, incluso tu existencia podría estar en peligro —agregó el doctor estirando el cuello para relajar su hombro derecho.

Dimitri pensaba que la peculiar manera de hablar del director formaba parte inherente del manicomio. Ya no prestaba atención sino a la esencia de lo que él decía.

—No me importa, si puedo llegar a ser libre. —Los ojos de Dimitri brillaban, presentía que los tiempos que vendrían serían difíciles, pero que algún día regresaría a su pueblo, y encontraría a los verdaderos asesinos de su familia.

Era la primera vez que Brown se topaba con un niño superdotado, en aquel hospital, y en cualquier otro lugar donde hubiese estado. Sonrió al pensar en la cara que pondría Marie Françoise, siempre con sus aires de suficiencia acerca de sus conocimientos de niños Índigo. Dimitri bien podría ser uno de ellos, aunque mucho mejor. *Por supuesto que mucho mejor*, se dijo Brown. Él siempre había sentido cierto desprecio por los descubrimientos de la parapsicóloga Nancy Tappe, quien con sus poderes supuestamente especiales para ver el aura de las personas, había encontrado el aura de color azul que identificaba a los famosos niños Índigo. Los parapsicólogos en general no le merecían confianza. Y Marie Françoise se auto calificaba como una profunda conocedora del tema. Según ellas, a principios de los años ochenta, una nueva generación de niños mesiánicos especialmente dotados de virtudes y conocimientos, empezaron a nacer con la misión de enseñar a la humanidad a abolir la infelicidad en la tierra.

Para Brown todo era pura y simple charlatanería sin sustancia, no obstante muy rentable, ya que los padres de hijos supuestamente Índigos, estaban dispuestos a pagar lo que fuera con tal de que sus iluminados niños tuvieran acceso a una educación acorde a sus «especiales dones y conocimientos». Para él, eran simples muchachos con Síndrome de Déficit de Atención e Hiperactividad, o SDAH, como se denominaba a tal patrón de conducta. Precisamente Marie Françoise compartía su labor como directora del reformatorio, con la dirección de uno de esos centros de estudios para niños Índigo. Brown marcó su número y para su sorpresa ella misma contestó el teléfono.

—¿Marie Fra?

—Sí, ella habla. ¿James?

—Hola, Marie Fra, ¿Tienes algo qué hacer mañana al mediodía, exactamente?

—A esa hora almuerzo.

—Te invito al Harry's. —Brown sabía que era su lugar preferido.

—Acepto. ¿Qué te traes entre manos? —preguntó Marie. Le parecía raro que saliera una invitación tan dispendiosa de parte de James Brown.

—Poseo información de algo que tal vez te interese. Mañana departiremos.

—Adelántame algo... ¿Se trata de un niño problema? —preguntó cautelosa.

—No es exactamente un niño problema. Espera a que te cuente —respondió Brown con una sonrisa imaginando el rostro regordete de Marie. Tomó asiento, pensativo, frente a su escritorio. Dimitri ocupaba su mente. Esta vez, Marie Françoise se llevaría una sorpresa.

Marie Françoise era compulsiva con todo lo que hacía. Hasta hacía cinco años había sido una magnífica doctora en psiquiatría, pero después de toparse con algunos parapsicólogos, sanadores y gente rara, había cambiado radicalmente su modo de ver la vida. Se había llegado a involucrar tanto con el asunto de los niños Índigo, que creía firmemente que unos seres de raza superior estaban empezando a poblar el planeta para salvarlo. Inevitablemente, pensaba Brown, aquello había llegado a la par que su madurez. La gordura había hecho presa de su antes apetitoso cuerpo, y su piel lucía menos lozana a pesar de las constantes terapias mentales de rejuvenecimiento a la que se sometía junto a otros fanatizados por aquella corriente *New Age*, de la que ella era tan creyente.

Lástima —decía Brown para sí—, antes Marie había sido una verdadera buena amiga. Hasta había pensado en llegar a algo más que un par de revolcones semanales con ella. *Pero aparentemente la edad hacía que las mujeres tomasen actitudes extrañas,* pensó Brown, distraído.

El Harry's era un restaurante bastante tranquilo, decorado al estilo europeo, su privacidad en algunos rincones invitaba a llevar allí a alguna pareja que no se deseaba mostrar demasiado. Cuando aún salía con Marie Françoise el sitio se había vuelto el lugar de encuentro de ambos a pesar de no tener motivos para ocultarse de nadie. Brown miró el reloj. Marcaba las doce y diez. Frunció el ceño, pensando que tal vez ella se hubiese desanimado del almuerzo, o de verlo a él, aunque quizá fuese esto último lo más seguro, pues al parecer últimamente lo que más le interesaba era la comida por la gordura que mostraba. Empezó a hojear una revista médica que llevaba consigo mientras hacía tiempo.

—Hola James.

—Hola Marie... pensé que no vendrías.

—Ya no soy esclava del tiempo —respondió ella con una sonrisa.

—¡Ah! Olvidaba que estás muy por encima de ese tipo de banalidades.

—¿Tenías algo interesante que contarme? —preguntó ella pasando por alto el comentario.

—Sí. Un caso sumamente interesante —recalcó Brown—, un chico de trece años que lee en latín sin conocer el idioma y comprende todo lo que dice el libro. Lo vi leyendo uno de los *Principia* de Newton.

—¿Cómo sabes que lee? Tal vez únicamente sea un engaño.

—Le hice preguntas que únicamente podría contestar alguien que entiende lo que lee. Me dijo las fechas y lugar de nacimiento y muerte de Newton.

—En ese libro no figura nada de eso. Es un tratado de...

—Lo sé, lo sé, pero pudo haberlo leído en otro libro. Me describió cada uno de los tratados. Se leyó los tres —dijo Brown sintiendo que su hombro empezaba a saltar. Estiró el cuello.

—Cálmate, James. Veamos, aclaremos un poco el asunto. Empieza por el principio: ¿Quién es el chico?

—Me lo llevaron hace más de un año porque pensaban que estaba loco. Según su expediente, había eliminado a su familia quemándola en la casa. Tenía once años, él dice que no lo hizo. Y yo le creo. Su comportamiento en el hospital era como la mayoría, aunque se mostraba dócil y obediente, por lo que se ganó la confianza de la enfermera Rose, y ésta lo dejaba entrar a la biblioteca para que leyese cuentos, supongo. Lo cierto es que el chico devora libros de física, matemáticas, astronomía, y ese tipo de libros que ni a ti ni a mí nos interesaría. Los lee a gran velocidad y recuerda todo.

—¿Los entiende?

—Por supuesto. Ya he descartado el autismo. Se expresa perfectamente, hasta te diría que mejor que muchos adultos.

—No sé... James, un chico acusado de homicidio múltiple... ¿no crees que sea peligroso? Los más inteligentes son capaces de llevar a cabo cualquier acto. Dejan de lado su parte sensible, emocional, y se vuelven demasiado racionales, planean todo con tal exactitud que jamás los puedes descubrir. Dime algo: ¿Has notado alguna clase de sensibilidad en él? Tú sabes a qué me refiero.

—Pensándolo bien... no. Nunca he notado que algo lo conmueva. Excepto cuando menciona a su cachorro de lobo.

—¿Cachorro de lobo? —inquirió Marie Françoise— bueno, es algo. Me gustaría conocerlo.

—Me temo que no sé dónde esté. El chico dijo que quedó abandonado en el bosque.

—James, me refería al chico.

—¡Ah! Justamente esperaba que dijeras eso. Pero ha de ser en el hospital.

—No pensé que fuese de otra manera. Y, dime, James... ¿Qué harás esta noche?

—Creo que iré directo a la cama.

—¿Con compañía?

—Bien sabes que no —respondió él con una mueca que no llegó a ser sonrisa. No le estaba gustando nada el cariz que tomaban las cosas. Su hombro saltó y Marie sonrió. Lo conocía bien.

—Yo también estaré sola —dijo ella acercándose a James. Los hoyuelos de sus mejillas se acentuaron al sonreír, pronto su cuerpo rozaba al de él. ¿Quieres que pase por ti después del trabajo?

—Hoy dormiré en el hospital —trató de defenderse Brown.

—¿Sí? Puedes hacer una excepción, ¿no crees?

Brown sentía los senos de Marie pegados a su brazo, en realidad, tan desagradable no era, después de todo, unos kilos de más no le restaban atractivo, pensó, ¡Qué diablos!

—Iré a tu casa esta noche. —Se encontró respondiendo.

—No te arrepentirás —musitó Marie Françoise en su oído.

3

El catre que ocupaba Dimitri en el pabellón —o «aposento» como lo llamaba el doctor Brown—, quedaba cerca de una ventana. Alta, como todas las del hospital, y enrejada. Era usual que durante la noche algunos hicieran ruidos extraños, pero a él nada lo perturbaba. No había vuelto a escuchar la voz que antes lo acompañaba. Le parecía raro, se había acostumbrado a que estuviera siempre presente, pero desde la noche del incendio no volvió a oírla aunque intuía que siempre estaba con él. Dedujo que podría deberse a que no le hizo caso cuando le dijo que regresara a casa con urgencia. Se había acostumbrado al manicomio, se sentía a sus anchas en ese lugar al principio extraño. Los chicos que dormían en el pabellón eran los mismos con los que pasaba el día. De vez en cuando alguno de ellos era retirado para tratamiento especial con electrochoques, o para tenerlo aislado por perturbar el orden. Dimitri había regresado varias veces a la sección donde estuvo la primera vez, pero sólo a limpiar. El lugar le desagradaba, los gritos de la gente ahí encerrada como si fuesen animales salvajes le producía ansiedad.

El personal del hospital no tenía muchas contemplaciones con los que estaban confinados permanentemente en esa ala del hospital, el PEDEC, como lo llamaban todos, que equivalía a: Pabellón de los Dementes sin Cura. Al principio Dimitri creía que el doctor Brown no estaba al tanto de la situación, porque de haberlo sabido, estaba seguro de que probablemente se hubiera hecho cargo. Aunque aquellas personas en realidad no parecían tener curación. Como decía la guardiana Rose, eran casos extremos y no valía la pena gastar energía en ellos. Se rumoraba que la madre del director estaba en una de las celdas, pero Dimitri nunca supo en cuál. Después de un tiempo, él también había dejado de preocuparse, se iba insensibilizando, y acudía a ese sitio estrictamente a cumplir con sus tareas de limpieza. Y hasta hubo veces en las que tuvo que aplacar los gritos lanzando chorros de agua con la manguera, pues era la única forma mantenerlos tranquilos.

Dimitri siempre permanecía en silencio. Si Rose se dirigía a él, su primera reacción era mantenerse callado, y cuando contestaba se quedaba viéndola como si no la reconociera. Aquello le daba buenos resultados, porque veía cómo ella anotaba afanosamente en una libreta que siempre llevaba consigo. Dimitri dosificaba su locura, pero día a día trataba de aparentar ser menos demente a la vista de los cuidadores y enfermeras. Era algo que le entretenía y al mismo tiempo le servía para comprobar que no se había vuelto loco. Era difícil no volverse uno más de los dementes que poblaban el hospital, requería de una concentración sobrehumana para aparentar ser lo que no era para que los demás creyesen que era como ellos esperaban. Por ese motivo, Dimitri saboreaba los momentos que pasaba en la biblioteca. Pensaba que si la cuidadora Rose se hubiese enterado cuáles eran los libros que leía, posiblemente hubiera enloquecido. Entonces tal vez la hubieran llevado al área de los desahuciados, junto a los locos sin remedio. Dimitri sonreía al pensar en tal posibilidad, *sí... era muy factible que ella terminase sus días allí...*

James Brown fumaba un cigarrillo mientras Marie Françoise regresaba a la cama. Ella seguía igual o más fogosa que antes, y los kilos de más no eran tan desagradables como él pensó en un principio. A Brown le desagradaba la gente gorda, pero empezaba a pensar diferente. Marie era una mujer provocativa, sabía sacar partido de lo que tenía, su desnudez desbordante era agradable, y a los ojos de Brown bastante excitante.

—Querido, ¿No habías dejado de fumar?

—Sí, pero esta es una ocasión especial. Merece un cigarrillo.

—Siempre encontrarás pretextos para seguir haciéndolo —contestó Marie Françoise mientras ahuyentaba el humo con la mano. Tomó el cigarrillo de los labios de Brown y lo aplastó en el cenicero.

—Vaya... Tienes hermosos ceniceros, para una persona que no fuma.

—Los tengo porque son decorativos, y son útiles para dejar objetos pequeños.

—¿Cuándo verás a Dimitri?

—¿Te refieres al chico superdotado?

—Sí. Tal vez sea uno de tus niños Índigo.

—Pues no sería nada raro. Cuando las cosas deben suceder llegan solas —contestó ella filosóficamente.

—No empieces, Marie Fra... sabes que no creo en esas teorías.

—¿Acaso no te das cuenta de que el niño fue a parar a tu hospital y se dio a conocer contigo, no con otro? Por otro lado, tú me conoces a mí. Y... Yo soy experta en niños Índigo.

—Como siempre, tienes todas las respuestas —contestó malhumorado Brown. Le desagradaba el fatalismo mesiánico que adoptaba Marie.

—Claro que sí —respondió ella soltando una pequeña carcajada—. Lo veré mañana por la tarde. Llegaré a las cuatro. ¿Está bien?

—Quiero estar presente.

—Por supuesto, querido. No tengo inconveniente.

—Creo que ya me voy a casa, es más de media noche y debo madrugar —arguyó él.

—Aprende a relajarte, no seas tan rígido contigo mismo, deja de usar reloj, y verás cómo te liberas.

—Debo irme —contestó Brown mirando su reloj— nos vemos mañana a las cuatro—. Empezó a vestirse como si de pronto tuviera demasiada prisa. Se acercó a Marie y le dio un beso en la boca. —Estuviste estupenda, intensísima, Marie, gracias.

—De nada —dijo Marie con sarcasmo— espero que no sea la última vez...

—No, de ninguna manera, no lo será. —Brown corría ya camino a la puerta. Marie la abrió y lo dejó salir.

Siempre era así. No había cambiado en nada, pensó ella, por momentos le fastidiaba tener que asediarlo, pero era la única manera como podía acercarse él. Para Marie Françoise, James era un tipo excéntrico, que de tanto tratar con locos casi había terminado siendo uno más de ellos. Pero era buena persona, una de las pocas personas confiables que conocía. Y en la cama seguía siendo inigualable. Le parecía extraño que un hombre como él fuese tan imaginativo y apasionado. Lanzando un suspiro se dirigió a la cocina. Hacer el amor le había abierto el apetito.

Dimitri esperaba sentado frente al escritorio de la oficina del director Brown a que la doctora Marie Françoise se presentara, mientras leía uno de los tratados de psicología que había tomado de los que reposaban sobre el escritorio. Así lo encontró ella al entrar. Con un gesto imperceptible indicó a Brown que no acusara su presencia. Se sentó en el sofá detrás de Dimitri, y observó con curiosidad como pasaba las páginas a una velocidad increíble. Parecía que el chico sólo estuviera hojeando el libro Esperó hasta que hubiera avanzado lo suficiente y se puso de pie.

—Hola, James —saludó, como si acabase de entrar.

—Hola Marie Fra. Dimitri, la señora es la doctora Marie Françoise.

—Mucho gusto, señora —saludó él dejando el libro sobre el escritorio. Marie Françoise tuvo la sensación de que él supo todo el tiempo que ella estuvo detrás.

—¿Qué leías, Dimitri?

—«El yo dividido».

—¿Sabes quién es el autor?

—Ronald David Laing.

—¿Estabas leyendo? O sólo hojeabas el libro...

—Estaba leyendo —respondió Dimitri tras notar la aprobación en el rostro del doctor Brown.

—¿Y de qué trata el libro? —inquirió Marie con cautela.

Dimitri guardó silencio. Le molestaba que tratasen de comprobar si mentía y la mujer no le simpatizaba. No respondería a su pregunta. Marie no insistió más en el tema. Empezaba a cobrar respeto por el muchacho. Estaba casi segura, por su comportamiento, que se trataba de un niño Índigo. Según sus investigaciones los Índigo eran un poco reacios a acatar órdenes sin razón. Optó por tratar el asunto de diferente manera.

—Dimitri, ¿Tú sabes cuál es el motivo de mi visita?

—No estoy muy seguro, señora.

—He venido a estudiar tu caso y encontrar la mejor manera de sacarte de este lugar. Si compruebo que eres un niño con cualidades especiales, es posible que logre tu traslado a otro lugar menos desagradable.

Había captado la atención de Dimitri.

—No creo tener cualidades especiales, sé que estoy aquí por equivocación. No soy demente ni soy un asesino.

—Eso es posible, pero debemos probarlo ¿me comprendes? Ahora, dime, ¿podrías responder a la pregunta que te hice?

—El doctor David Laing buscaba la fenomenología simbólica en las peroratas sin sentido de los enfermos mentales. Tal como podrían hacerlo otros médicos buscando el significado de los sueños. Creo que su punto de vista bien podría aplicarse en este o cualquier otro hospital. Aunque sólo como experimento.

—¿Por qué lo dices? —preguntó Marie con voz tensa.

—Porque el simbolismo no me parece viable. Creo que no tiene sentido. Tampoco creo en la hipnosis para curar a los dementes, son alivios momentáneos, no el remedio. La mente enferma tiene sus raíces en lo más profundo del cerebro. Las células cerebrales se encuentran afectadas y no establecen las conexiones necesarias. La única forma de reactivar su conexión es con drogas que aumenten los niveles de serotonina en la sangre.

—Lo que dices tiene sentido, pero quiero saber si lo entiendes o estás repitiendo lo que dice el libro.

—¿Usted ha leído a David Laing?

—Sí, claro que sí... —dijo ligeramente dudosa Marie.

—Entonces, se podrá dar cuenta de que él no habla de eso. Su teoría consiste en tratar de «entender» a los enfermos para llegar a la causa de su mal.

Marie no encontraba las palabras adecuadas para responder a la disertación de Dimitri.

—Admito que me equivoqué. Me gustaría que me acompañaras a una sesión con otros niños similares a ti. ¿Estás de acuerdo?

—El permiso me lo debe dar el doctor Brown.

—Yo estaré presente, Dimitri. ¿Cuándo será la sesión? —Brown reprimió una sonrisa al ver el rostro de Marie. Aparentemente Dimitri la había impresionado más que cualquiera de sus famosos Índigo.

—Mañana —dijo ella con un hilo de voz.

—Dimitri, puedes retirarte, conversaremos luego. —¿Qué te pareció?— preguntó Brown una vez el chico hubo salido de la oficina. Su hombro estaba quieto, se sentía muy seguro.

—Necesito ver su expediente. Me lo llevaré para estudiarlo. Te llamaré mañana. —Se notaba la ansiedad en su voz. Aunque ella no lo quisiera reconocer, estaba desconcertada. Tomó la carpeta que le extendió Brown.

—No encontrarás nada relevante en él. Los datos anotados no corresponden a la realidad del chico.

—Con todo, me gustaría saber sus antecedentes. —Brown hizo un gesto de anuencia y soltó la carpeta.

Ella se despidió rápidamente con un ligero beso en la mejilla.

—Veremos quién es más "Índigo" —dijo Brown para sí.

Estaba cansado de escuchar acerca de los famosos niños que «poblarían la tierra para brindar la mayor felicidad posible», según palabras Nancy Tappe. Para él solo eran niños malcriados, con madres que gritaban mucho... Como la suya. Brown se quedó unos instantes pensativo, mirando la superficie opaca de la carpeta que en un tiempo había sido verde. Debía cambiarla. Se sobresaltó como si de pronto hubiera recordado a Dimitri. *Su* Dimitri era diferente, compararlo con los Índigo echaría por tierra aquellas dudosas teorías. Él no solo tenía una inteligencia superdotada; también era un niño obediente, respetuoso y ordenado. Cualidades de las que los otros carecían. *Y jamás gritaba.*

Presionó la campana y segundos después se presentó Dimitri.

—Pequeño Dimitri, la doctora Marie Françoise no esperaba encontrarse con alguien como tú.

Brown no ocultaba su satisfacción.

—¿Qué hace ella? ¿Se dedica a escoger niños? —preguntó Dimitri.

—Ella encabeza una organización que se dedica a la enseñanza de niños especiales. Ella los llama niños Índigo.

—¿Porque son azules?

—El nombre les es dado en efecto, por su aura azul. Según dicen, cada persona tiene un aura de diferente color, esos niños la tienen azul.

—Creo que he leído al respecto —caviló Dimitri.

—¿Sobre los niños?

—No. Sobre las auras. Creo que está relacionado con las fotografías *Kirlian* .

—Así es. Mañana la doctora Françoise te llevará a interactuar con sus niños Índigo. Se supone que entre ellos existe una gran afinidad, de manera que si eres uno de ellos, tal vez sientas esa atracción.

—Usted no está muy seguro de que yo sea como ellos, ¿verdad?

—Sucede, mi querido Dimitri, que yo no creo en ellos. Creo que hay niños de intelecto superior, que puede ser tu caso, así como hubo otros personajes excelsos a lo largo de la historia, quienes dejaron legados inapreciables, pero de allí a que existan niños que nacen como setas por todos lados con virtudes especiales porque alguien lo dijo, no.

—La doctora Marie es muy amiga suya, ¿verdad?

—Sí, hubo un tiempo en el que éramos más que amigos... —Se encontró diciendo Brown para su sorpresa. A veces se olvidaba de que Dimitri era un niño.

—Espero no hacerle quedar mal.

—Tú lo único que tienes que hacer es comportarte tal como eres. Con eso es más que suficiente. Te harán algunas preguntas, supongo, o tal vez simplemente conocerás a otros niños análogos a ti.

—¿De veras? —preguntó Dimitri con inusitado interés.

La idea de entablar contacto con niños normales le atraía. Tal vez finalmente pudiera sentirse a gusto. Alguno de esos niños podría ser de verdad inteligente.

—Eso espero —dijo finalmente Brown, dando por concluida la charla.

Sin esperar a que se le conminara a retirarse, Dimitri lo hizo. Él sabía cuándo no requerían más su presencia. Eso no le hacía más o menos infeliz, aceptaba las situaciones con naturalidad, un comportamiento que al principio había llamado la atención de Brown. Con el tiempo se había acostumbrado al aparente desapego que mostraba el niño por las personas, situaciones y por los objetos. Y Dimitri se había habituado a su lenguaje ampuloso y a sus eventuales desvaríos.

Dimitri tenía gran capacidad para adaptarse a las circunstancias y había sido así desde que tenía memoria. Al salir de la oficina de Brown recordó a su padre con una evocación lejanamente parecida a la gratitud. Por los demás no sentía sino una saludable indiferencia, aunque por instantes le venían como ráfagas unos recuerdos perturbadores en los que sus padres discutían acerca de él. Por más esfuerzos no lograba dilucidar el contenido de aquellas discusiones, aunque intuía que debieron existir motivos soterrados, y que era preferible no hurgar demasiado en ellos. Se fue a su rincón preferido y cerró los ojos.

4

La doctora Marie Françoise, satisfecha del amplio conocimiento que supuestamente tenía acerca de los niños Índigo, estaba deseosa por mostrar su último descubrimiento: un niño rescatado de un manicomio. Aunque no consideró ese un detalle apropiado para comunicarlo a los niños, mucho menos a sus padres. Dimitri de pie, mirando al salón, se sentía incómodo con la ropa nueva de la que había sido provisto. Dio su nombre y edad y fue invitado a sentarse en uno de los pupitres, en tanto la doctora Marie empezaba su alocución.

—Queridos niños, Dimitri es uno más de ustedes, tiene un alto coeficiente intelectual, además de otras cualidades, él nos acompañará tres veces por semana, y compartirá con nosotros su sabiduría, al tiempo que se educará como corresponde a un niño Índigo.

Días antes, y con la venia del doctor Brown, Dimitri había sido sometido por Marie Françoise a pruebas de todo tipo para determinar si era o no, un niño azul. Los investigadores observaron que lo rodeaba un aura azul brillante, más nítida que cualquiera de los otros que allí se encontraban; un aura de color cambiante, algo nunca antes visto por ellos. Lo que ignoraban era que dependía de Dimitri cambiar a voluntad el color de su aura, volviéndola azul brillante en ocasiones, y por momentos, dorada. El detalle confundió un poco a los parapsicólogos que estudiaban su caso y consideraron el fenómeno extraordinario. Pero la sorpresa fue mayúscula cuando en un examen para evaluar su cociente intelectual resolvió problemas matemáticos a gran velocidad sin ayuda de lápiz y papel o de calculadora. Descartaban la idea de que no fuera un niño Índigo, aunque según ellos, parecía carecer del ingrediente principal: la espiritualidad.

Dimitri no podía saber que era precisamente eso lo que se esperaba de él, de manera que en ningún momento dijo o hizo algo que ellos tomaran como una señal positiva. Fue cuando empezó las clases junto a los otros niños, que cayó en la cuenta de que aquellos se comportaban en todo momento como si fuesen los dueños del mundo. El interés especial con el que eran escuchados por los adultos, y la manera como estos se comportaban con ellos, llamó poderosamente su atención. Pronto aprendió a proceder del mismo modo, decía frases que los adultos esperaban escuchar, como: *Estamos en la tierra para traer paz y enseñar amor,* o *Mientras no exista la paz, no avanzaremos hacia la búsqueda de la verdad,* y otras frases con el mismo estribillo. Expresiones que los mismos adultos «conocedores» habían inculcados en los cerebros de los llamados Índigos. Gradualmente, sus conocimientos empezaron a abarcar también la metafísica; hacía uso de muchos axiomas y dogmas inmanentes a las corrientes filosóficas que imperan entre los parapsicólogos, videntes y descubridores de niños Índigos y pronto la manipulación de las creencias en ellas fue para Dimitri simple juego de niños.

Decía lo que esa gente deseaba escuchar, y cuando no decía nada, su silencio también era elocuente, ya que siempre le encontraban algún significado trascendente. Dimitri se convirtió en un personaje importante. Su supremacía intelectual le hacía superior, porque muchos de los otros niños apenas llegaban a sumar y a multiplicar medianamente bien, y respecto de las cualidades sanadoras de aquellos, tampoco se quedaba atrás, ya que había desarrollado un método mental muy eficaz para hacerlo. Lo fundamental era que en Dimitri habían encontrado un ser muy especial. Y él lo sabía. También sabía que los otros niños formaban un grupo de individuos sin nada que aportar al mundo. Justamente lo que el doctor Brown había deseado comprobar.

Pero Dimitri se encontraba en una disyuntiva. Si desenmascaraba a la doctora Marie, estaría condenado a permanecer en el manicomio, porque una de sus promesas había sido trasladarlo del psiquiátrico sin mayores preguntas ni investigaciones. Estaba seguro de que si se llegase a comprobar que él era un niño superdotado, tendría muchas probabilidades de que fuese procesado por homicidio. El plan era transferirlo al reformatorio que ella dirigía y con el tiempo dejarlo libre por buena conducta, contando con una serie de alegatos, como que él era muy niño cuando ocurrió la tragedia y que su inserción en la sociedad no causaría daño a nadie. Por lo menos era lo que ella le había dicho. Sea porque Dimitri se sentía muy a gusto siendo tratado casi con pleitesía en La Asociación de Niños Índigo, o porque deseaba obtener algún día su libertad, dejó atrás lo pautado con el doctor Brown, haciendo a un lado sus planes de dejar en entredicho la forma como eran manipulados algunos padres, con la creencia de haber sido bendecidos por tener niños mesiánicos en sus hogares.

Pero la lucha interna que se desarrollaba en Dimitri se hizo evidente cuando finalmente fue trasladado al reformatorio. El sitio era menos acogedor que el psiquiátrico y los muchachos distaban mucho de ser amigables. Por fortuna para él, notó que le guardaban cierta distancia.

Poco tiempo después de su traslado, Marie Françoise organizó en la sede de Niños Índigos una presentación para un nutrido grupo de padres de los *Niños de Las Estrellas*, como últimamente había dado por llamarlos. Aquello incomodaba profundamente a Dimitri, esa acepción le parecía poco seria. Empezaba a hartarse de tanta falsedad. Sentía que si había alguien que fuera de las estrellas precisamente era él. No aquellos farsantes. En el salón principal de la Sociedad de Niños Índigos se encontraban reunidos psicólogos, padres de familia, psiquiatras, parapsicólogos y gente del gobierno, que se suponía daría su aprobación para una jugosa ayuda económica destinada a la investigación de lo que según parecía, era un fenómeno de la nueva era.

—Estimados señores, tenemos aquí la máxima prueba de que nuestros estudios acerca de los niños *Índigos* son un aporte para la humanidad, y si logramos crear conciencia en la sociedad y en los hogares donde pudiesen existir este tipo de niños, que lo mejor para ellos y su desarrollo espiritual es la instalación de una amplia red de instituciones con el personal capacitado para lograrlo, creo que habremos cumplido con nuestro objetivo: un mejoramiento de la raza humana. Este jovencito que ustedes ven aquí —dijo dirigiéndose a Dimitri que se hallaba al lado de ella— es la prueba de lo que digo. Pueden ustedes hablar con él y preguntarle acerca del tema que deseen que él sabrá responderles adecuadamente. —Tomó asiento al lado de Dimitri, mientras él se ponía de pie.

—¿Cómo te llamas? —fue la primera pregunta.

—Dimitri.

—¿Por qué crees que eres especial?

—Yo no lo creo. Especiales somos todos los seres humanos.

—¿Crees que somos parte del universo?

—Por supuesto, nuestra estructura tiene los mismos elementos.

—Entonces, podrías decirnos, ya que eres un enviado, ¿dónde está Dios?

—Podría estar en cualquier parte. Desde que apareció el hombre en la tierra sintió la necesidad de adorar a algo, al principio fue al Sol, que no es sino una más de las billones de estrellas que existen en el universo. Después, se dieron cuenta de que había que crear una deidad más cercana, tal vez más tangible y crearon dioses e ídolos, luego a alguien se le ocurrió que era más práctico tener un solo dios.

—¿Eres ateo?

—No lo creo. Yo creo en un poder superior, pueden llamarlo Dios si lo comprenden mejor.

Un rumor recorrió la sala. La doctora Marie Françoise volvió el rostro hacia Dimitri y vio que su cara relajada tenía una expresión divertida. Le dio la sensación de que se aproximaba una tormenta.

—¿Entonces todos ustedes piensan de la misma manera?

—Yo pienso así. Ellos —dijo señalando a los otros—, no lo sé.

—¿No se comunican telepáticamente?

—No. ¿Por qué habríamos de hacerlo si tenemos el lenguaje oral? —la risa cundió entre los asistentes.

—¿Qué tal estás en matemáticas? —preguntó un hombre de anteojos que había permanecido callado en un rincón de la sala—. ¿Cuál es la solución para: $an + bn = cn$ con $a, b, y c,$ enteros positivos si n es mayor que 2?

—Ese es el último teorema de Fermat, los resultados a este teorema los dio Andrew Wiles y nos dan la certidumbre de que dentro del plan maestro de la naturaleza no se debe contar únicamente con la perfección. Su contrapartida, en cambio, la imperfección, es la que genera el desequilibrio de fuerzas, creando la dinámica, la cual es el elemento fundamental para movilizar la creación. Tomando en cuenta el teorema de Fermat, Wiles llegó a la conclusión matemática de que es posible considerar a an un vector de fuerza positiva y a bn como vector de fuerza negativa, la resultante $cn,$ sería el efecto causado por ambos vectores. El teorema confirma que nuestro universo se sostiene gracias al propio caos que produce.

Un largo silencio siguió a sus palabras.

—¿Sabes cálculo diferencial? —preguntó el mismo hombre.

Dimitri se dirigió al pizarrón. Dibujó una línea horizontal y tres verticales de diferentes alturas, luego trazó una curva que unía las líneas en una especie de triángulo curvo.

—La pendiente o gradiente de una curva cualquiera en un punto se define como la pendiente de la tangente, que es la recta que toca a la curva sólo en dicho punto— aclaró—. En la figura, la pendiente de la curva en A es la pendiente de la recta AT, que es la tangente a la curva en A. Esta pendiente se puede aproximar por la de la recta AB, que une A y B; un punto cercano de la curva. La pendiente de

AB es k/h. Si B se acerca hacia A, tanto k como h tienden a O, pero su cociente tiende a un determinado valor, que es la pendiente de AT. El cálculo diferencial se ocupa de calcular la pendiente de las curvas y = f (x) en todos sus puntos.

—Creo que es suficiente —dijo el hombre dándose por satisfecho. Para él era evidente que el chico sabía de lo que hablaba.

—¿Alguna otra pregunta? —inquirió Marie, contrariada.

—Nos gustaría que hablasen los otros niños— sugirió alguien.

Dimitri tomó asiento y uno de ellos se situó al frente, por indicación de la doctora Marie, quien se hallaba casi fuera de sí. Estaba segura de que se había lucido a propósito, a pesar de sus advertencias; ella sabía que cualquiera de los otros quedaría reducido al ridículo después de aquella exposición. Miró al niño que estaba en la mira de los visitantes y sintió que todo iba por muy mal camino.

—¿Cuál es tu nombre?

—Arthur.

—¿También sabes matemáticas?

—No. No soy bueno en ciencias.

—Se suponía que todos eran niños superdotados... ¿Qué nos puedes decir? ¿Crees en Dios?

—Por supuesto que sí. Él nos puso en la tierra para guiarla hacia nuevos horizontes. Estamos aquí para traer la felicidad y la paz en el mundo. Cuando seamos mayores, seremos un ejército de personas con la función de crear una nueva raza.

Dimitri observó a Arthur con desprecio. *La cantaleta de siempre*, pensó.

—Arthur, ¿Qué te hace tan especial? Luces como cualquier otro niño.

—No soy como otros niños —respondió Arthur con arrogancia—. Soy un niño Índigo.

—Demuéstranos por qué eres tan especial. ¿Qué te gusta hacer? Pintar, dibujar, escribir...

—Nada de eso. Yo no necesito tener ese tipo de conocimientos para ser un Índigo. El aura azul que me rodea es indicativa de que soy un elegido.

—¿Quién te lo dijo?

—Pues... la doctora Marie Françoise. Y no responderé más preguntas. —Arthur adoptó un aire de rey ofendido. Se levantó y se dirigió a su asiento.

—Doctora Françoise, ¿cómo se supone que podemos enterarnos si todos estos niños son *Índigo*, como dice usted? Nos habló de sus poderes especiales, ¿podría alguno mostrarnos algo de eso?

—Ustedes deben entender que estos niños no se someten a interrogatorios ni trabajan bajo presión, sus manifestaciones son espontáneas, no derivan de cuestionamientos ni requisitorios, sino de la necesidad que se tenga de ellos.

—Doctora... un terrible dolor de cabeza está acabando conmigo, y no es mentira. Desde hace días padezco de jaqueca. Vine con la esperanza de que uno de sus niños me aliviase. ¿Sería posible? —preguntó una mujer de mediana edad, con grandes anteojos. Era la representante del gobierno.

—No lo sé. Veremos quién de ellos desea atender a su pedido.

Ninguno de los niños hizo el menor movimiento que indicase que quería ayudar. Gesto que no pasó desapercibido, ya que se suponía que eran niños que «amaban a la humanidad». A la doctora Marie no le quedó más remedio que echar mano de Dimitri otra vez. Este se levantó y se dirigió a la mujer de la jaqueca. La observó atentamente y le quitó los anteojos. Fijó sus ojos negros en los de ella, y luego de unos momentos colocó su mano izquierda en la parte frontal de su cabeza, justamente donde el dolor de la mujer arreciaba. Después de unos instantes la retiró y la mujer lanzó un largo suspiro de alivio.

—¡Lo hizo! —exclamó asombrada—. Gracias, hijo. Muchas gracias, ¿Cómo lo hiciste?

—Posiblemente tenga una reducción en el nivel de encefalinas. Son proteínas con acción analgésica en el cerebro. Debería visitar a su médico —dijo Dimitri.

—Doctora Françoise, hasta el momento hemos visto que el único niño que podría ser catalogado como especial, Índigo, o niño de las estrellas, es el jovencito Dimitri. ¿Qué hay de los otros? ¿Es normal que se muestren tan poco cooperativos?

—No es frecuente que vengan a visitarlos, tal vez sea el motivo, pero les aseguro que todos son especiales, de una u otra forma, lo son. —Marie sentía que el dinero que pensaba reunir se le escapaba de las manos. Veía los rostros de algunos de los niños Índigo mostrando desconfianza ante lo que hasta ese momento les había parecido la finalidad de sus vidas.

—Creo conveniente que esperemos una mejor oportunidad para que se nos muestren pruebas fehacientes que demuestren que los aportes que daremos del dinero de los contribuyentes redundarán en beneficios para la humanidad, como usted dice —dijo un hombre de barba que acompañaba a la mujer de la jaqueca, dando por terminada la sesión—. ¿Qué piensas tú, jovencito? —dijo dirigiéndose a Dimitri.

—Yo no soy como ellos. No deseo ser como ellos.

El salón quedó en silencio. Como si se hubiesen puesto de acuerdo la sala fue quedando vacía. Dimitri se arrepintió de haber hablado pero ya era tarde. Los Índigo y sus padres eran los únicos que permanecían en la sala. La doctora Marie fue asediada por ellos.

—¿Quiere decir que tuve que soportar el comportamiento despótico de mi hijo con la creencia de que era especial? —dijo una madre con el gesto de incredulidad reflejado en el rostro.

—Y nosotros, ¡tuvimos que invertir nuestros ahorros para darle una educación apropiada a sus cualidades! Creo que en realidad, nuestro hijo no es lo que pensábamos. Me parece que volveremos al Retinol —dijo otra, refiriéndose a la droga que habían dejado de suministrar a su hijo debido al Síndrome de Déficit de Atención e Hiperactividad, creyendo que uno de los síntomas para considerarlo especial era justamente la falta de atención que mostraba su pequeño, inducidos por personas como la doctora.

Muchos de los padres se mostraban descontentos. Otros, se aferraron a la creencia de que su hijo se convertiría en otro Dimitri, mientras quedasen bajo los costosos cuidados de la doctora Françoise. Pero ella había quedado petrificada. Nada había salido como lo había planeado, y lo adjudicaba a Dimitri.

Le advirtió antes de salir a escena que no hiciera demasiada gala de sus conocimientos para evitar comparaciones, pero él se había lucido a propósito. Con lo que no contaba era que Dimitri estaba harto de tratar con aquellos niños que consideraba estúpidos y que se creían la gran cosa. Para él no eran más que un montón de niños maleducados acostumbrados a hacer su voluntad. Le disgustaba que lo comparasen con ellos. Pero niño al fin, no calculó los alcances de su decisión. Ese día selló su suerte.

5

Cada noche se convirtió en una pesadilla. Pero una pesadilla real, dolorosa, humillante. En el reformatorio existían pandillas, y el que no perteneciera a una de ellas quedaba marginado en un limbo, en la tierra de nadie, convirtiéndose en el blanco de los ataques y objeto de las peores vejaciones sin que hubiera nadie capaz de brindar ayuda. «Tiburón» se llamaba el pandillero mayor. Iba de un lado a otro secundado por una cohorte de muchachos que festejaban cuanto hacía. Para desgracia de Dimitri, Tiburón había posado sus ojos en él, y a partir de ese momento se convirtió en su peor verdugo. Al principio, Dimitri trató de oponer resistencia, pero Tiburón no estaba solo, las fuerzas no eran parejas. Después de varias noches de agonía, dejó de resistirse y cada vez que Tiburón lo poseía, hacía lo que sabía hacer: huir a sus tinieblas. Trató por todos los medios de hablar con la doctora Marie sin resultado, parecía que ella lo evitaba o se hubiera olvidado de su existencia. Pronto se dio cuenta que lo que le ocurría no era una simple apetencia de un ser acostumbrado a desahogar sus más bajos instintos; era planeado. ¿Por qué si no, antes no había sucedido? Era posible que Tiburón siguiera órdenes, o simplemente se hubiera levantado la disposición de mantenerse alejado. En los momentos en que Dimitri quedaba al fin solo en su catre, hilvanaba detalles y sacaba conclusiones. Se había convertido en un guiñapo humano, y aún le faltaban tres años para salir de aquel infierno, si es que llegase ese día. La doctora lo había prometido, pero para entonces, él ya sabía que su palabra no tenía ningún valor. Debía actuar por su cuenta y hacerlo de una forma terminante. La lástima que sentía de sí mismo le impedía pensar con la claridad que requería, el miedo lo tenía paralizado y escapar a sus tinieblas no evitaba que siguiera siendo utilizado. Si él era capaz de quitar un dolor de cabeza y aliviar los síntomas de enfermedades con una simple puesta de manos, podría hacer lo contrario, pensaba. Trató de concentrarse para obtener resultados diferentes en el cuerpo de Tiburón, pero fue imposible.

Entonces la voz que hacía tiempo había dejado de oír se volvió a hacer presente. Esta vez le dijo lo que debía llevar a cabo para poner fin a su sufrimiento. Dimitri tuvo la sensación de que la voz estaba aterrada. Esperó a que los guardianes se retirasen y cuando Tiburón se deslizó bajo sus sábanas acariciándolo con aquellos movimientos lascivos y palabras que Dimitri conocía muy bien, como: *Aquí estoy, querido Dim,* aguardó a que lo penetrase. En ese momento Dimitri hizo lo que la voz le había aconsejado y un rugido desgarrador rompió como un trueno la noche. Era Tiburón. Dimitri se lo quitó de encima mientras en la penumbra observaba su rostro retorcido y sus manos haciendo un ademán de auxilio. Con el rostro inmutable se quedó observándolo. Sabía que estaba muriendo y no movería un dedo para ayudarle. Al aullido se sumaron exclamaciones de asombro, acudieron al pabellón los guardianes encendiendo las luces, y los secuaces del agonizante Tiburón no se atrevieron a hacer nada, únicamente miraban hipnotizados cómo su jefe tirado en el piso, temblaba con cortas convulsiones tratando de coger un poco de aire sin lograrlo. Tenía el miembro erecto cuando murió y así quedó. Lo llevaron a la enfermería y el diagnóstico arrojó un resultado que Dimitri conocía de antemano: había muerto de un infarto. Y fue lo que el forense diagnosticó. Dimitri sabía que el infarto había sido consecuencia de un choque eléctrico.

Tiburón murió electrocutado.

La explicación que dio el médico fue inexacta. Según él, Tiburón había muerto de manera espontánea por falta de aire, lo que le ocasionó un paro cardíaco. La doctora Françoise no permitió que interrogasen a Dimitri. Su conciencia no estaba muy limpia; los secuaces del finado Tiburón podrían hablar y ya tenía bastante con la presencia del chico en la institución.

Como cosa fortuita, el doctor Brown, quien no estaba enterado de nada, solicitó ver a Dimitri al día siguiente de lo ocurrido.

—¡Dimitri! ¿Qué te sucedió? —exclamó Brown al verlo. El muchacho estaba demacrado, oscuras ojeras le llegaban casi a la mitad de la mejilla y estaba más delgado que nunca.

—Doctor Brown... buenos días. —Acertó a musitar Dimitri. Su voz tenía vestigios de resentimiento.

—Marie... ¿Qué rayos está sucediendo? El chico no parece encontrarse en óptimo estado de salud.

—No está enfermo... ¿verdad Dimitri? Lo que sucede es que murió un amigo de él.

—¡Oh! ¡Cuánto lo siento! —replicó Brown.

—Él no era mi amigo —dijo Dimitri con una voz que difícilmente se hubiera creído que provenía de él.

—No comprendo...

—Tiburón nunca fue mi amigo.

—Bueno, bueno, digamos que era un compañero. Todos están muy sentidos por su muerte —acotó rápidamente la doctora Marie.

—¿De qué murió? —preguntó Brown.

—De un infarto —aclaró Marie Françoise.

—Algo extraño para un muchacho —comentó Brown—. Marie, ¿Podría conversar a solas con Dimitri?

—Yo... no creo que sea lo adecuado, quiero decir, Dimitri está muy afectado por la muerte de...

—Marie, soy yo, James, no soy un desconocido. Déjame hablar un momento con Dimitri, por favor.

—Está bien...

La mujer salió de la oficina de mala gana.

—Dimitri, ¿Qué sucede?

—Doctor Brown, este sitio es horrible. ¿Qué sucedió con usted que no volví a verlo? Prefiero estar en el manicomio, el que murió era un enfermo, peor que los que hay en el psiquiátrico. Murió mientras me violaba. Lo hizo durante todos estos meses.

—¿Qué dices? —Brown se acercó a Dimitri mirándole a los ojos— ¿es cierto lo que dices?

—Sí, señor. Y creo que fueron órdenes de la doctora Marie. Ella me odia, no creo que me deje salir de aquí. Yo quiero regresar al manicomio, Tiburón murió, pero hay otros como él. Ella maneja este lugar y dará órdenes para que mi vida sea imposible. Cometí el error de hablar de más en la reunión aquella... No sé si usted lo sabe. Parece que eché por tierra sus planes de conseguir financiamiento para sus niños —dijo Dimitri casi en un murmullo—, recuerde que hicimos un trato. Usted dijo que deseaba desenmascararla, y yo lo hice.

Brown vio en los ojos de Dimitri algo oscuro. Sintió miedo de él. Su hombro empezó a saltar y Dimitri supo que si deseaba podría hacerle daño, podría hacerle pagar por todos los momentos de sufrimiento. Pero prefirió valerse de él.

—Comprendo. Veré qué puedo hacer. Dimitri... nunca pensé hacerte daño, tú sabías cuáles eran mis planes...

—Lo sé, doctor, usted no es el problema, es ella — dijo, aparentando ser comprensivo.

—Dimitri... No tuviste nada que ver con la muerte de... Tiburón, ¿o sí?

El chico le quedó mirando.

—Por supuesto que no, doctor.

—Bien... —A Brown se le escapó un suspiro—. Hablaré con Marie.

—Por favor, no le diga nada que me perjudique, sólo sáqueme de aquí... Se lo suplico.

—Tranquilo, verás que todo estará bien.

—¿Puedo retirarme? —preguntó Dimitri con premura.

—Por supuesto, claro.

Marie miraba a Brown preguntándose cuánto sabría de lo ocurrido. Él también la observaba tratando de adivinar la clase de mujer que ella era, exactamente. Ambos se estudiaban con disimulo. Marie se dio cuenta de la tensión en el ambiente. El hombro de Brown saltaba casi de manera descontrolada.

—¿Qué te pudo hacer ese muchacho para que todo eso ocurriera? —preguntó Brown directamente.

—No comprendo... ¿Que ocurriera qué?

—Tú lo sabes. No es necesario que Dimitri me haya dicho algo. Está tan aterrorizado que no se atreve a decirme nada.

—No creo que él se aterrorice con facilidad. Para serte franca, Dimitri me produce miedo.

—Sé que tu escuela de niños Índigo cerró. ¿Qué les sucedió a tus niños?

—No me agrada tu sarcasmo, James. No sucedió nada en absoluto. Hemos decidido darnos unas vacaciones por un tiempo. Es todo.

—Debo entender que el único Índigo que te quedó es Dimitri. Justamente el más pobre de todos.

—No estoy muy segura de que él sea un Índigo. No se comporta como tal.

—Por supuesto que no. Él es inteligente. Creo que me lo llevaré de aquí. Lo regresaré al psiquiátrico. Su estado mental no parece estar muy bien.

—No —dijo ella rápidamente— lo que quiero decir es que pondré cuidado en que no le ocurra nada malo. Déjalo aquí, James, el manicomio no es el mejor lugar para él y tú lo sabes. Dentro de unos años yo misma firmaré para que sea puesto en libertad. ¿Recuerdas?

—Si es que vive lo suficiente. ¿No te das cuenta en qué estado se encuentra? ¿Cómo permitiste que algo así sucediera?

—Yo no lo sabía... Es la verdad.

Brown se sintió cobarde. Dimitri era de temer, ¿qué mejor que tenerlo lejos?

—No sé el motivo para que desees que se quede aquí, pero tienes razón, un manicomio no es el mejor lugar... ¿Me prometes tratarlo mejor?

—Por supuesto, querido... —dijo Marie acercándose a él mientras le acariciaba el cuello—. Créeme, todo está bajo control... —Marie lo estaba besando y James dejó de pensar en Dimitri.

En el patio, alejado del resto de los internos, supo que la ayuda no vendría del doctor Brown. Estaba seguro. La voz se lo decía. Era el momento de actuar, sabía lo que debía hacer.

Antes de partir, Brown se despidió de él. Le dijo que la doctora Marie le había prometido que todo funcionaría correctamente. Dimitri supo que ya no podría contar con él. Marie Françoise dejó pasar unos días, deseaba que el chico recobrase la confianza en ella, debía ser tan inteligente como él, ponerlo de su lado para recuperar credibilidad ante los padres de los niños Índigo. Y sobre todo, ante los representantes del gobierno. Por su parte Dimitri deseaba lo mismo, pero por otros motivos. Empezó a tener fácil acceso a su oficina, porque ella manifestó que prefería tenerlo cerca.

—Querido Dimitri, quiero que pasemos juntos más tiempo; he dado órdenes para que te cambien de sección. Dormirás en esta ala del hospital y tendrás así más fácil acceso a mi oficina. Me gustaría que nos llevemos bien.

—Se lo agradezco, doctora Marie Françoise.

—No tienes que hacerlo, querido —dijo ella con la melosa sonrisa falsa que él conocía tan bien.

—Puedo hacerme cargo de la correspondencia, he visto cómo la selecciona su secretaria, prepararle el café y traerle el almuerzo a la oficina —se ofreció Dimitri, otorgándole una sonrisa que muy pocas veces asomaba a su enjuto rostro. Un gesto que transformaba su cara y lo convertía en el adolescente que era.

Marie Françoise se dijo que sería más fácil manejarlo de lo que pensó en un principio.

Dimitri pensó lo mismo.

—Estaré encantada, ya sabes que mi secretaria detesta ocuparse de mi almuerzo. Está bien, en adelante te ocuparás de ello y también del café. No quiero perderte de vista, niño.

Le dio una palmada en el hombro que quiso ser amistosa, pero al tocarlo sintió como si la piel de Dimitri fuese una dura coraza. Su rostro seguía mostrando la misma sonrisa inocente, y por un instante ella tuvo la sensación de que detrás de aquella máscara él ocultaba algo oscuro.

—¿Desea que le traiga café ahora? Usted acostumbra tomarlo temprano.

Su voz juvenil y cantarina disipó su funesto presentimiento.

—Por supuesto, querido, ya sabes que lo tomo negro y con edulcorante.

—Sí señora. —Dimitri salió raudo a cumplir con su función, mientras en el rostro de Marie Françoise se dibujaba una sonrisa.

—Soy una tonta —se dijo— no es más que un niño. Inteligente, pero solo un niño.

Ese día la secretaria de Marie Françoise había pedido permiso. Y la doctora tuvo que salir a una reunión. Era una tarde tranquila, ideal para sus planes. Dimitri fue directo al archivero y ubicó su expediente. Cambió los motivos de su inclusión en el reformatorio utilizando la máquina de escribir a la velocidad de un experto mecanógrafo; llenó nuevos formularios borrando todo vestigio de su internamiento en el hospital psiquiátrico:

Reclusión por mala conducta consecutiva agravada por el fallecimiento de su madre. Padre alcohólico que abandonó el hogar, incapaz de hacerse cargo de su crianza. No existen más

*familiares. Se recomienda poner énfasis en su enseñanza, parece
ser un joven inteligente.*

Falsificó las firmas del documento de manera
impecable. La primera parte de su plan había salido mejor
de lo que esperaba. Se deshizo de los viejos formularios y
esperó un momento oportuno para la segunda parte de su
plan. Mientras, trataría de que ella le tomase confianza.

Pero pese al tono amistoso que utilizaba Marie
Françoise para dirigirse a él, le era imposible sentir simpatía
por Dimitri. Existía algo en él que la inquietaba, su
apariencia inofensiva no lograba convencerla. Y el
sentimiento era mutuo. Por momentos dudaba si el
muchacho quisiera volver a contribuir con su causa de los
niños Índigo, le estaba costando mucho esfuerzo convencer
a los padres para que retornasen, pero estaba decidida a
soportar a Dimitri con tal de recibir su ayuda. El chico
parecía sincero cuando manifestaba hallarse arrepentido por
su actuación en aquélla oportunidad, y ella pensaba utilizarlo
hasta cuando le fuese útil. De ninguna manera deseaba
dejarlo en libertad. Una vez recuperado el control de la
Sociedad de los Niños índigo, tenía planeado que su
superdotada inteligencia no fuese conocida por nadie más y
que su personalidad se fuese apocando con el tiempo al no
encontrar salida para su vida. Su plan era condenarlo al
anonimato y aconsejar su ingreso a una cárcel común
cuando cumpliera la mayoría de edad. El odio de Marie
Françoise era profundo, y partía del miedo irracional que en
ocasiones la invadía, cuando él parecía saber lo que ella
tramaba. Tenerlo rondando sólo le ocasionaba sobresaltos, y
si no fuera porque la representante del gobierno había vuelto
a comunicarse con ella manifestándole su interés en Dimitri,

habría enviado de vuelta al niño al psiquiátrico. Pero todo se estaba tardando más de lo que había calculado, por momentos parecía que ya no valía la pena tenerlo cerca. Esperaría unos días más y tomaría una decisión.

Dimitri no se había equivocado al valorar a la doctora Marie. La voz le decía que debía acabar con ella.

6

Sintió que un golpe le nublaba la mente y lo vio todo oscuro. Se dejó caer mientras escuchaba unos sonidos guturales, como si se tratase de murmullos de seres primitivos. El cuerpo exánime de Dimitri fue golpeado salvajemente sin que hiciera nada para defenderse.

Una voz tronó en medio de las exclamaciones de satisfacción, y a medida que se hacía el silencio, el sonido grueso y ramplón se hizo patente otra vez.

—¿Qué les ha hecho que no pueda arreglarse entre dos? —rugió Antón, mirándolos uno a uno.

—Lo encontramos fornicando con la hermanita de Sara —respondió uno de ellos.

—¿La hermanita? ¿A qué hermanita se refieren?

—A Jessica.

—Creo que Jessica sabe bien lo que hace. No es una criatura.

—Pero Sara no quiere que su hermana se acueste con tipejos como éste.

—Ese no es asunto de ustedes. ¿No tienen otra cosa que hacer que descargar sus salvajes instintos en este pobre muchacho? —preguntó con indignación al tiempo que observaba con detenimiento a Dimitri—. Son una partida de cobardes —agregó.

Nadie se atrevió a contrariarlo. Antón era muy respetado en el pueblo, y, además, lo suficientemente corpulento como para disuadir a cualquiera. Se agachó hasta situar su cara junto a la de Dimitri que permanecía tirado en el piso, la sangre que cubría su ceja derecha se escurría y empezaba a formar un charco en la tierra, tenía el labio inferior partido de un golpe y con el ojo izquierdo que era con el único que podía ver, pues el otro lo tenía tan hinchado que estaba cerrado, miró a Antón. Pero no era una mirada pidiendo auxilio. Lo que se deducía de ella era total indiferencia, parecía no importarle lo que hicieran con él. A Antón le recordó un cachorro abandonado que había recogido hacía tiempo; tenía la misma mirada. El muchacho había recobrado la conciencia. Le ayudó a ponerse de pie y cargándolo con la facilidad con la que sostendría un almohadón de plumas en los brazos, lo llevó hasta su vieja camioneta y lo depositó con sumo cuidado en el asiento del copiloto.

El grupo de gente se fue dispersando y los hombres que habían hecho de justicieros retornaron a las puertas del bar de donde habían salido, mientras murmuraban entre ellos algunas palabras de justificación por los actos que hasta hacía poco les había parecido correctos.

—Sucede que Antón no tiene idea quién es el chico.

—No. Y a decir verdad, yo tampoco. ¿Quién es?

—Es un loco que estuvo rondando por el pueblo después de que le dieron de alta de un hospital psiquiátrico. Es lo que me dijo Sara.

—Yo pensaba que era el hijo del difunto Vlady.

—Lo es. Tan pronto como su familia murió en un pavoroso incendio del cual parece que lo encontraron culpable, fue encerrado en un manicomio. Él tenía once años. Sara era novia del hermano mayor de Dimitri.

—¿Dimitri?

—Su abuelo era un ruso que vino después de la Primera Guerra —afirmó el hombre. Luego agregó—: La paliza ahuyentará al loco del pueblo.

—Eso espero, aunque parece que es un pobre diablo.

—Pero con suficiente apetencia como para acostarse con Jessica.

—Para serte franco, creo que esa muchacha se le insinuó, tal como lo hace con cualquiera, pero Sara es mi amiga, ¿comprendes? Yo no podía dejar que el sujeto se saliera con su gusto.

—Comprendo... —respondió el otro, no muy convencido.

Antón condujo con cuidado su vieja camioneta, evitando caer en los frecuentes baches de un camino que había conocido mejores tiempos. Lo hacía tanto por el muchacho que en ese momento parecía haberse quedado dormido, como por sus gastadas llantas, que en cualquier momento terminarían por estropearse. Su cabaña se situaba en las afueras del pueblo, casi al empezar el bosque. Al llegar no quiso despertarlo. Lo dejó sentado en la camioneta, y fue directo a la cocina. De manera maquinal puso a hervir un poco de agua. Mientras esperaba a que hiciera ebullición, se quedó mirando al chico a través de la ventana. Su indefensión le inspiraba simpatía, o ternura. Un sentimiento que hacía tiempo no experimentara, desde que su hija Violet se fuera de casa. Aunque lo que ella menos despertase fuese justamente ternura. Su Violet era una chiquilla lista, atrevida, y muy independiente. Jamás olvidaría las palabras que salieron de su boca un día antes de verla por última vez: «Papá, yo no pienso pasar mi vida en este pueblo perdido, lleno de asnos que lo único que quieren es aparearse con una. Yo deseo una vida mejor, conseguiré trabajo y volveré con dinero; tal vez en la ciudad pueda proseguir mis estudios, porque aquí terminé la escuela y no hay más que hacer». Ocho años hacía de ello, recordó Antón con nostalgia mientras bombeaba aire al fogón que le servía de cocina. A pesar de su renuencia, insistió en irse. Era una joven hermosa, demasiado, para ese pueblo. Había sido difícil criarla sin su madre. «Una mujer pone orden en la casa y lo demás es cuento», pensaba.

Hacía años que a Antón las cosas no le iban muy bien. Escaseaba el trabajo, ya nadie solicitaba muebles tallados, confeccionados a medida como los que él hacía con esmero, de pronto todos compraban muebles hechos, y el plástico y la formica había reemplazado los bellos acabados de pulido que él acostumbraba dar a la madera. Reparando casas tampoco tenía demasiado trabajo, porque en aquel lugar a pesar de que las casas estaban destartaladas, nadie tenía mayor interés en arreglar nada. El viento y el polvo poco a poco se habían ido adueñando de Old Village y tal como su nombre, parecía que el pueblo estaba muriendo de viejo. Antón se había dedicado entonces a la cría de gallinas ponedoras y vivía de los huevos que repartía dos veces por semana. Los domingos después de asistir a la pequeña iglesia igual de destartalada, se iba al bar de la calle principal y tomaba con los borrachines del lugar mientras jugaba su partida de naipes. El único sitio donde no había ido a ofrecer sus servicios de reparación era justamente a la iglesia. Presentía que el cura le pagaría con bendiciones, y la verdad, él prefería efectivo: Contante y sonante.

Dimitri despertó por el zumbido de las moscas que revoloteaban sobre sus heridas resecas. Recordaba haber sido llevado en un vehículo por un desconocido y también que había sentido un tremendo cansancio que lo obligó a quedarse dormido. Sabía que era su cuerpo recuperándose, sentía dentro de su cabeza retumbar: «duerme, descansa, estás en buenas manos». La voz dentro de su cabeza nunca se equivocaba. Aunque en esta ocasión parecía trémula, como si estuviera invadida de tristeza. Pero Dimitri, reconfortado por ella, decidió seguir sus consejos esta vez al pie de la letra, no deseaba cometer el mismo error de aquella lejana noche.

Se tocó el ojo derecho y notó que la hinchazón no le permitía ver, unas punzadas de dolor terminaron de despertarlo. Instintivamente se agachó en el asiento como un animal herido, y después de un rato asomó la cabeza para ver dónde se encontraba. Vio al hombretón que le había socorrido y supo que no debía temer. Luego de bajar con dificultad de la camioneta, se acercó despacio hasta situarse al lado de Antón, que había salido de la casa y se hallaba de espaldas, acomodando unos cestos vacíos. Antón no deseaba evidenciar algún particular interés en Dimitri, más bien actuaba como lo haría con un potrillo salvaje, dándole espacio para que tomase confianza. Cuando lo sintió cerca, habló con estudiada indiferencia sin mirarlo directamente.

—¿Quieres una taza de café? —preguntó.

—Sí, señor. Gracias —pronunció con dificultad.

—¿Cómo te llamas?

—Dimitri Galunov.

Haciendo un gesto, Antón le indicó que lo siguiera. Ambos entraron a la casa y se sentaron en unas sillas frente a una mesa que parecían pertenecer a otra casa. Eran casi una obra de arte, a pesar de la suciedad y el descuido. Antón observó la mirada de Dimitri y sintió complacencia ante el casi imperceptible gesto de admiración o de extrañeza de éste. Tocando con suavidad la superficie pulida de la mesa, dijo con cierto orgullo.

—¿Te gusta? La hice yo. Al igual que las sillas.

—Son unos muebles hermosos.

—Soy carpintero. O lo era. En este maldito pueblo ya no hacen falta los artesanos como yo. Todo lo compran de formica, si es que lo compran.

—¿Y por qué no se muda de pueblo?

—¿Yo? —preguntó Antón, tomado por sorpresa—. Creo que ya estoy viejo para empezar en otro lado. Además, me gusta este maldito pueblo. —Rió, como si hubiese dicho algo gracioso.

Dimitri quiso sonreír, pero sólo le salió una mueca de dolor. También el ojo le estaba molestando, y le dolía un lado del pecho. Por si fuera poco, tenía las nalgas entumecidas por las patadas.

—¿Por qué estás aquí?

—Aquí nací. No sabía adónde ir.

—¿Y dónde estuviste hasta ahora?

—Estuve en un hospital psiquiátrico. Después, en un reformatorio —contestó Dimitri observando su reacción.

—Interesantes lugares para pasar la juventud.

—¿No desea saber por qué? —inquirió Dimitri.

—Bueno, si tú me lo quieres decir... estará bien.

—Cuando tenía once años me acusaron de haber incendiado la casa con mis padres y mi hermano mayor adentro.

—¿Lo hiciste?

—No, señor. Era imposible, yo me encontraba en el bosque, ellos estaban durmiendo, era casi medianoche, y de haberme quedado en casa yo también hubiera muerto.

—¿Se puede saber qué hacía un muchacho de once años en el bosque en la noche?

—Había ido a ver a mi lobo. Mis padres me prohibieron tenerlo en casa, era un cachorro aún y fui a llevarle comida. Siempre lo hacía cuando todos dormían.

—Si lo que dices es cierto, que te acusaron de loco y te metieron en un manicomio, ¿por qué no les dijiste lo que me has dicho?

—Yo me sentía culpable. Pude haberlos salvado pero no lo hice.

—Ahora sí no comprendo nada. —Antón empezaba a creer que Dimitri en realidad era un loco.

—Sé que usted no me entiende, pero yo escuchaba una voz que me decía cosas. Aquella noche no le hice caso y me entretuve más que de costumbre con mi lobo, al regresar, todo estaba ardiendo. Después de esa vez la voz desapareció por un tiempo. Ahora la estoy escuchando.

—¿Ahora? ¿Y qué te dice?

—Que confíe en usted.

Unas arrugas aparecieron en la frente de Antón. No sabía si el chico se estaba burlando de él. No lo parecía, pero tenía por costumbre ser desconfiado. Dimitri siguió hablando.

—Señor Antón, quiero agradecerle su oportuna aparición, yo no estaba haciendo nada malo, la chica me siguió desde la entrada del pueblo. Yo creí que ella se acordaba de mí.

—Jessica es una muchacha alocada. No es una santa y eso todo el mundo lo sabe, pero creo que no te pegaban porque follabas con Jessica.

—Eso es muy cierto, señor Antón, la gente piensa que soy un asesino —replicó Dimitri poniéndose de pie con dificultad.

—¿Qué hacías con ella?

—Nada —respondió Dimitri, sin vacilar—, yo no *follaba* con Jessica. Ella intentaba besarme.

—¿Qué edad tienes? —preguntó Antón mientras observaba esta vez sin disimulo al joven, tratando de calcular su edad por si mentía.

—Dieciocho años, los cumplí hace tres semanas.

—¿Cómo es que te dejaron salir del manicomio? —inquirió Antón. Empezaba a inquietarse.

—Del manicomio salí hace cuatro años y me enviaron a un reformatorio. Me dejaron salir de allí al cumplir dieciocho años por mi excepcional buena conducta y por ser muy buen alumno.

—Ah... —Tienes dieciocho, y fuiste acusado de loco a los once... ¿No eras demasiado pequeño?

—Demasiado pequeño para ser un asesino, y demasiado inteligente para tramar algo tan burdo.

—Conque te crees muy inteligente, ¿eh? —subrayó Antón con sorna.

—Pues, sí.

—Y ¿cómo es que un joven tan inteligente como tú, regresa al pueblo que lo envió al manicomio?

—Justamente deseo saber qué fue lo que sucedió. En aquella época yo era un chiquillo, por otro lado, como le dije, me sentía culpable.

—Me temo que no te entiendo.

—Y yo me temo que por más que le explique, no me entenderá.

—Hijo... creo que me estoy sintiendo insultado.

—Lo siento, señor, no fue mi intención. Solo que hay algunas cosas que si se las cuento no me las va a creer.

—Deja que yo decida —dijo Antón, con voz pausada.

Con un ademán le invitó a volver a sentarse. Dimitri lo hizo sujetándose el costado derecho con una mueca de dolor. Con el único ojo con el que podía ver, miró a Antón y dando un suspiro empezó a contar.

—Creo que es mejor que te cure el ojo —interrumpió Antón—, habla, te escucho.

—Bien... —Volvió a suspirar Dimitri— Yo tenía un lobo. En realidad un cachorro de lobo, porque su madre había sido asesinada por alguno de los lugareños. El cachorro quedó perdido en el bosque, único sobreviviente de ocho más.

—¿Sabías que los lobos no son asesinados? Deben ser sacrificados porque hacen daño al ganado.

—Como sea. El cachorrito se veía tan indefenso que lo llevé a casa. Mis padres me prohibieron tenerlo.

—Bien hecho. Esos animales no son domesticables —afirmó Antón, que aún no sabía por qué el chico hablaba del cachorro de lobo otra vez. Pero le dejó continuar.

—¡Ay! —se quejó Dimitri.

—Perdón... pero tengo que desinfectar la herida —dijo Antón, mientras manipulaba el ojo hinchado de Dimitri—, continúa.

—Bien... —Tras un nuevo suspiro Dimitri prosiguió—. Como no me dejaban tener al lobezno, le hice una madriguera en el bosque. Nuestra casa quedaba colindando el bosque, como la suya, pero del otro lado. —Aclaró Dimitri señalando con el brazo hacia un horizonte oculto por las paredes de la cabaña—. Por las noches le llevaba comida y leche. Nadie notaba nada. La noche del incendio yo me encontraba con el cachorro. Cuando regresé encontré todo en llamas y a mis padres y mi hermano dentro; ya era muy tarde, la gente del pueblo llegó después que yo, y nadie pudo hacer nada.

—Antes me dijiste que te creías culpable.

—Esa es la parte que no quería contar, no sé si será capaz de creerme.

—Te escucho. —Antón dejó el trapo humedecido con agua hervida a un lado y lo miró con atención.

—Yo siempre escuché dentro de mi cerebro una voz.

—¿Escuchabas voces en tu cerebro?

—No. Escuchaba una voz. Generalmente me decía cosas, me ayudaba con las tareas de la escuela y cosas así. Aquella noche me dijo: «Regresa rápido a casa» y lo hizo varias veces, pero yo no hice caso. Me quedé jugando con mi cachorro más tiempo del debido y ya usted sabe qué sucedió. Me siento culpable porque si hubiese hecho caso a la voz, tal vez hubiera evitado la tragedia. Ahora entiendo que hubiese descubierto al verdadero autor del incendio.

—Y si no hubieses estado en el bosque hoy estarías enterrado junto con tu familia. Yo no creo que seas culpable. Conozco a la gente y me parece que dices la verdad. En cuanto a la voz que dices escuchar, te lo creo. Yo también escucho voces que me dicen cosas, pero eso, ¿sabes? Se llama presentimiento. —Razonó Antón vertiendo un chorro de güisqui sobre el ojo hinchado de Dimitri—. Creo que por unos días no podrás ver por ese ojo —añadió.

Dimitri contuvo la respiración al sentir el escozor producido por el güisqui. No deseaba seguir hablando, tenía ganas de correr y salir gritando. Una furia contenida durante muchos años empezaba a aflorar en su pecho, sabía que en aquel maldito pueblo alguien le había hecho perder varios años de su vida después de acabar con su familia. Se puso de pie sujetándose a la fina superficie de la mesa. Se tocó el costado y notó que apenas podía hacerlo, un intenso dolor le impedía doblarse.

Antón ya había reparado en eso. Le abrió la camisa y observó la hinchazón en el lado derecho.

—Creo que tienes una costilla fracturada. Déjame hacerte un vendaje. Lo mejor será que permanezcas inmóvil, para que sanes pronto.

—Debo ir a casa... o lo que quedó de ella.

—Siéntate. Tu casa puede esperar. Esperó siete años, unos días más no la cambiarán de lugar. Creo que sé a qué sitio te refieres, está al otro extremo, antes de la loma, y me temo que no hay mucho que ver ahí. El bosque se hizo cargo de lo que quedó.

Dimitri volvió a tomar asiento con cuidado. Cada movimiento era doloroso.

—Necesito ir allá. Debo partir de algún lado.

—¿Es eso lo que te dice la voz?

—No. Es lo que pienso yo.

—Dimitri... ese nombre y apellido tuyos son rusos... ¿verdad?

—Sí. Mis antepasados vinieron a América hace muchos años.

—¿Y dónde están ahora?

—Mi abuela murió hace tiempo, mi abuelo después de casi quince años la siguió. Según decía mi padre.

—Cuéntame de tu familia. Es decir, si no te importa hablar de ellos.

—No me importa. Papá se casó con una joven de este lugar. Mamá era muy bonita, mi hermano Wilfred era mayor que yo, tenía veinte años y ayudaba con el negocio a papá. Yo iba a la escuela y era el mejor estudiante de mi clase. Recuerdo que mi padre deseaba que fuese a la universidad, porque decía que era inteligente como mi abuelo, quien fue un hombre culto, pero nunca aprendió a expresarse muy bien en inglés, creo que fue por eso que no tuvo mayores oportunidades en su especialidad: la literatura. Aunque según papá decía, en matemáticas también era un genio. Hubiera sido un excelente profesor pero nunca pudo con el inglés. Tuvo que conformarse con hacer trabajos manuales, para lo que era un poco torpe. Mi padre, en cambio, era buen comerciante. Yo era el único dedicado al estudio en la familia.

—Una familia feliz.

—Hay algo que recordé estando en el manicomio. Esa familia no era mía.

—¿Qué dices?

Antón lo miró empequeñeciendo los ojos. El chico tenía la virtud de mantenerlo en constante alerta.

—No se asuste. Al llegar al manicomio ocurrió algo que me hizo recordar un suceso que había quedado oculto en algún resquicio de mi memoria durante muchos años. Ahora recuerdo perfectamente que mi padre me recogió del bosque cuando yo era un recién nacido.

—Demasiado pequeño para que recuerdes. Tal vez te equivoques.

—No. Porque vinieron a mi mente algunas conversaciones entre mis padres que después tuvieron sentido. Una vez los escuché discutiendo cuando ellos creían que yo no estaba en casa. Yo había sido encerrado por mi hermano Wilfred en un armario. Mi madre reclamaba a mi padre el hecho de haberme llevado a casa, ella creía que yo era producto de algún amorío fuera del matrimonio. No sé por qué yo olvidaría esa conversación, pienso que tal vez no deseé haberla escuchado y la guardé en lo más profundo de mi memoria.

—Y toda esa historia de que eres tan inteligente como tu abuelo ruso...

—Sólo le cuento lo que escuché decir a la familia que me adoptó. Tal vez fuera la manera de tener una identidad. Por otro lado, la consideré mi familia, aunque yo no fuese sino un niño recogido por ellos.

—¿Y si tu padre hubiese sido de verdad tu padre? Podría ser cierto que fuiste un hijo de otra mujer con tu padre.

—Imposible. Creo que esa situación se aclaró con el tiempo y físicamente yo no me parecía a ninguno de ellos.

—Y ¿Qué de tu hermano?

—¿Wilfred? Era muy huraño conmigo, a decir verdad, nunca me quiso. Siempre se la pasaba diciendo que yo era un extraño fenómeno, pero creo que lo hacía porque él era poco inteligente, nunca quiso estudiar, aunque era un astuto comerciante. Por lo menos, mi padre así decía.

—Dimitri... —después de pensarlo un poco, Antón preguntó—: ¿Puedo llamarte Dim?

—Así me llamaba alguien en la correccional. Creo que prefiero Dimitri.

—Bien, Dimitri, ¿qué tan buen estudiante eras?

—Tan bueno como para saber más que mi profesor de matemáticas. En el reformatorio daba clases de matemáticas. Si quisiera podría volver allá como profesor.

—¿Aún quieres ir a la universidad?

—Claro. Pero primero debo averiguar qué sucedió con mi familia.

—No veo qué puedas hacer. Ese es un caso cerrado, en este pueblo la gente cree que fuiste tú.

—Yo no lo hice. Deseo que se limpie mi nombre, es una mancha que me persigue, no podré hacer nada mientras se me considere un asesino o un loco. Y sé que alguno de este pueblo lo hizo

—Cierto. En eso te doy la razón, aun así, creo que será muy cuesta arriba. ¿Dónde estuve yo metido cuando eso? —se preguntó en voz alta Antón—, es posible que estuviera en las montañas... Sí. Hace algunos años me fui con un montañés, iba a incursionar en el negocio de las pieles, pero las autoridades echaron a perder mi negocio. Resulta que ahora todas las especies están en estado de extinción. Recuerdo que me contaron de una tragedia, pero ya había pasado un tiempo. Así que eras tú.

El silencio se cernió en la habitación. Antón presentía que el joven decía la verdad, y él tenía muy buen olfato para conocer a la gente, sintió compasión por el muchacho, su cuerpo extremadamente delgado, daba muestras de no haber sido suficientemente alimentado, y con la cara llena de magulladuras, tenía poca idea de cómo luciría su rostro. Sentía simpatía por él y decidió ayudarle. Dimitri, por su parte, acostumbrado a desconfiar de la gente, esta vez sentía que podía confiar en Antón.

—Creo que por ahora, debes quedarte aquí. Puedes ocupar la habitación de mi hija.

—¿Tiene usted una hija?

—Sí, pero no vive conmigo. Hace ocho años partió quién sabe adónde, le debe ir muy bien, porque no he vuelto a saber de ella —respondió Antón con un dejo de tristeza en la voz— según me dijo, quería seguir estudios en la ciudad.

—Entonces tal vez le vaya bien —repuso Dimitri—. De pronto, cerró el único ojo que podía mantener abierto y levantando ligeramente la cara se quedó un momento en silencio. —Ella está bien, en realidad bastante bien. Creo que pronto tendrá noticias suyas.

—¿Cómo puedes decir eso? —preguntó Antón extrañado. Había destellos de violencia en su voz, se empezaba a sentir burlado.

—¿Su hija se llama Violet?

—Sí.

—Entonces no me he equivocado. Trabaja en... Justo ahora piensa en usted.

—¿Dónde trabaja? —preguntó Antón, con inusitado interés.

—Eh... no lo sé, no lo veo muy claro, hay demasiada gente. Pero ella se ve contenta.

—Dimitri, no es que desconfíe, pero eso de ver cosas de lejos...

—No siempre lo puedo hacer. Parece que con usted existe una buena conexión.

—Muchacho... no sé cómo lo haces, pero creo que será mejor que descanses. Hoy fue un día duro para ti. Trata de no moverte demasiado para que curen tus costillas—, dijo Antón moviendo pensativo la cabeza, mientras lo ayudaba a subir por las escaleras al piso alto.

7

Sara no podía creer lo que Jessica decía. Sabía que su hermana era una insensata, pero aquello era demasiado.

—¿Cuándo aprenderás que no debes tratar con extraños? Estoy harta de escuchar hablar de ti en el pueblo.

—No era un extraño, era el hermano de Wilfred.

—Para ti es un extraño. Es un desquiciado mental muy peligroso, no entiendo cómo lo soltaron del manicomio.

—Perdóname, Jessica, pero no me parecía muy loco, y no es un extraño, lo conozco de antes, en la escuela.

—Wilfred siempre me dijo que su hermano era muy raro. Un día me contó que no era verdaderamente su hermano, fue recogido por ellos y criado como un hijo. A mí me pareció cierto, porque los padres de Wilfred eran ya bastante viejos como para tener un hijo.

—Sara, yo sé que aún recuerdas a Wilfred, pero no puedes ir por la vida recordándolo a cada minuto. Él murió hace siete años, ¡siete años!

—Lo sé. Pero Dimitri me da miedo... Y ahora que ha regresado Me pregunto: ¿Cuál puede ser su intención? Él ya no tiene nada que hacer aquí, me da miedo que quiera hacernos daño. Wilfred me decía que Dimitri era sumamente extraño, creo que le tenía temor a pesar de ser un niño.

—Wilfred, Wilfred... deja que el hombre descanse en paz. A Dimitri los hombres del pueblo le dieron su merecido, y no parecía saber defenderse, no creo que sea tan peligroso como dices. Por cierto, Antón pasó con su camioneta y lo rescató. Se lo llevó con él.

—¿Te acostaste con él?

—¿Con Antón? —preguntó Jessica haciéndose la tonta.

—Sabes que me refiero a Dimitri.

—¿Cómo podría? Cuando *estábamos* en lo mejor aparecieron esos salvajes.

—Gracias a Dios.

—¿Cómo puedes agradecer a Dios que le hayan dado semejante paliza por nada? No creo que se la mereciera. Se veía normal, no me pareció que estuviese loco, y creo que es muy guapo.

—Deja de decir boberías. Te prohíbo que lo veas. Estuvo en un hospital psiquiátrico, puede ser muy peligroso. Hablaré con el comisario para que lo investigue, tal vez haya escapado y lo estén buscando.

—Sería una lástima... nunca me pareció raro, y ahora, tampoco. ¿Qué tal si no fue él quien incendió la casa? ¿Nunca te hiciste esa pregunta? Parece que en este maldito pueblo nadie quiere indagar nada acerca de lo que ocurrió, le echaron la culpa a Dimitri y jamás se habló de eso. Si él no lo hizo, en el pueblo hay alguien que sí.

Sara guardó un largo silencio. La noche del incendio no había forasteros, de manera que a todo el mundo le pareció lógico que el que quemara la casa fuese Dimitri; era el único que se había salvado por no estar dentro de ella cuando se originó el fuego, por otro lado, lo habían encontrado con los galones de combustible en la mano. Siete años... durante los cuales la imagen de Wilfred estuvo presente en su mente, imposible olvidarlo, le parecía aún ver sus ojos verdes cuando le decía que la amaba. Fue el primer hombre en su vida y hasta la fecha, el único. En aquel pueblo aunque hubiese querido habría sido imposible conseguir a otro que lejanamente se le asemejara. Era consciente de que después de su muerte lo hubiese idealizado, pero, aun así, sabía que amar de la misma forma a otro sería una utopía. Ellos tenían planes, habían decidido partir de aquel pueblo agonizante, él le había dado a guardar dinero, pero después de la tragedia, ella no encontró consuelo en ese pequeño capital. Es más, aún lo conservaba, no había tocado ni un centavo de él, esperando quién sabe qué. Y ahora el desdichado de Dimitri estaba de regreso, ¿qué había ido a hacer allí? Si era cierto que lo habían liberado, no era lógico que regresara a un lugar donde no tenía nada que buscar. El miedo volvió a apoderarse de Sara.

Finalmente el sueño lo venció y Dimitri quedó sumido en un profundo sopor alimentado por los recuerdos de sus primeros tiempos en el reformatorio. No le causaban dolor, simplemente los evocaba como cuando recordaba a la familia que había muerto asesinada hacía años, sin sufrimiento ni sentimientos de nostalgia, sólo sentía curiosidad por saber quién pudo haberlos matado y los motivos que condujeron a ello.

Aún de madrugada, Antón se dispuso a atender a sus gallinas, como de costumbre. Estaba bastante satisfecho con la instalación que había construido para recolectar los huevos sin necesidad de entrar al gallinero. Al salir de su cuarto pasó por la habitación que tenía la puerta entreabierta que ocupaba Dimitri. Entró, tenía curiosidad por ver cómo habían evolucionado las heridas de su rostro. El chico estaba echado boca arriba, durmiendo con placidez. Su respiración era larga y acompasada. A pesar de la penumbra pudo ver su cara, había mejorado bastante desde la noche anterior, realmente estaba bastante mejor de lo que cabría esperarse. Los hematomas habían desaparecido, el ojo sólo presentaba una ligera hinchazón. Pudo apreciar sus delicadas facciones, las aletas de su fina nariz vibraban levemente con cada inhalación, tenía labios pequeños y frente amplia. Un rostro bastante agradable, a pesar del estado deplorable en el que se encontraba.

Salió con el mismo sigilo con el que había entrado y fue a por los huevos. Las gallinas parecían haberse puesto de acuerdo para poner más de lo acostumbrado. Llenó varias cestas; más que otras veces. El gallo empezó a cantar y no paró hasta que las primeras luces francas empezaron a iluminar la fría mañana cercana a noviembre. Antón dio un profundo suspiro. El canto de gallo siempre le hacía sentir melancólico, un sonido familiar y cotidiano, desentonado y lastimero, que para él encerraba gran significado. Escucharlo le daba la certeza de que el sol seguiría saliendo por el horizonte, y de que él estaba vivo. Al mismo tiempo acentuaba su soledad. Hizo el recorrido de todos los días, fue a ordeñar la vaca y con la leche aún tibia regresó a la cabaña. Después de dar el alimento a las gallinas, se dispuso a preparar el desayuno. Dimitri estaba encendiendo el fogón.

—Ya veo que te sientes mejor —dijo Antón.

—Sí, señor. Gracias, dormir me hizo mucho bien —respondió Dimitri enderezándose.

—Debes tener cuidado con esa costilla, trata de no moverte demasiado —reconvino Antón— y no me digas señor, para ti, soy Antón.

—Mi costilla está bien, ya no me duele, es decir, siento una ligera molestia, pero no es importante.

—Déjame ver... —Antón se acercó y le levantó la camisa. Una zona enrojecida levemente indicaba el lugar donde el día anterior existía una hinchazón que predecía algo peor—. ¡Muchacho! No comprendo... Pensé que estaba rota. Tu cara también luce bastante mejor, tienes buen aspecto.

—Siempre he tenido facilidad para curar mis heridas, mis defensas son muy altas, y la reconstrucción de mis tejidos epiteliales al igual que mis tejidos conectivos es muy acelerada.

—¿Qué? —preguntó Antón desconcertado —¿a qué te refieres?

—El tejido epitelial es la piel que cubre nuestro cuerpo y las membranas internas. Los tejidos conectivos son los huesos, cartílagos y tejido adiposo —respondió con naturalidad Dimitri, aunque sabía que Antón entendía poco de aquello.

—Creo que voy entendiendo...

—Dime, Antón, sólo por curiosidad, ¿de dónde provienes? Tu nombre no es americano —comentó Dimitri.

—No. Es un diminutivo de Antoine. Pero mal pronunciado. Mi familia es descendiente de los primeros colonos franceses que poblaron Louisiana, soy Antoine Monpassant, pero todos me conocen únicamente por Antón. Mis padres dejaron Nueva Orleáns después de casarse y vinieron aquí.

—Es curioso... todos descendemos de gente que vino de otros continentes, mientras que los nativos de América viven en reservas. Sé lo que es estar prisionero. Y Creo que sé cómo deben sentirse.

—Pero es diferente, ellos tienen grandes extensiones de tierra donde pueden hacer los que les plazca.

—Pero esta tierra ya no es suya.

—¿Qué sucede contigo? ¿Perteneces acaso a alguna organización de Derechos Civiles o algo así?

—Antón... en mi corta pero nutrida existencia me ha tocado experimentar desde muy niño la injusticia en todas sus facetas. He debido apelar a mi fuerza de voluntad para sobrevivir a la adversidad, créeme que por momentos hubiera preferido estar muerto.

—Comprendo, debe ser muy duro vivir encerrado... ¿Cómo hiciste para sobrevivir? Si no deseas recordar, no me contestes y olvídalo.

—No me duele recordar... porque no tengo mucho qué recordar.

—No te entiendo, hace un momento me decías que tuviste que...

—Tengo un método para evitar el sufrimiento — interrumpió Dimitri.

—Ah... —exclamó Antón. Iba a decir algo pero calló al ver que Dimitri proseguía.

—La huida. Ese es el método. Cuando las cosas se salían de mi control, simplemente huía a mis tinieblas, un lugar donde todo siempre está en armonía. Mi cuerpo podía haber recibido las vejaciones y maltratos más increíbles, pero yo no estaba ahí. Después, aprendí a sanar mis heridas, las emocionales y las del cuerpo.

—¿Quieres decir que en el reformatorio te violaron? —preguntó Antón directamente.

—Sí. De todas las formas posibles. Pero pude salir indemne y tiempo después, alguien se apiadó de mí y me cambió de pabellón a otro donde se encontraban muchachos en vías de rehabilitación. Fue así como terminé sustituyendo al profesor de matemáticas y me gané el respeto y la libertad.

—Eso de curar tus heridas...

—Antón, yo soy capaz de perdonar y olvidar. Creo que eso me ayuda a recuperarme más rápido físicamente — fue la escueta explicación que dio Dimitri.

Antón permaneció pensativo.

—¿Quieres leche caliente? Hoy Daisy me dio tanta leche que del resto haré queso. Y de las gallinas ni te digo. Parece que los animales se pusieron de acuerdo para regalarme sus dones.

—Es hermoso lo que acabas de decir. Es poético.

—¿Tú lo crees?

—Sí. Y creo que tus animales te quieren.

—Ven, siéntate y disfrutemos del buen desayuno, de la leche y huevos frescos, del aire puro que trae el viento de la montaña y del canto de los pájaros. En esta mañana lluviosa podremos respirar para limpiar nuestro cuerpo, mientras nos deleitamos con la naturaleza que nos rodea, verdes pinos y árboles dorados, olor a pan y café, ¡Ah! Algunas veces pienso que soy feliz, y que no necesito de mucho para serlo —dijo Antón, súbitamente inspirado.

—Eres un poeta, Antón —apreció Dimitri, sonriendo.

—No creo serlo, es así como siento las cosas.

—Entonces, eres un hombre feliz. —Concluyó Dimitri.

Antón ese día se sentía en paz consigo mismo. Disfrutaba del golpeteo de la fina lluvia en el tejado, y mientras saboreaba la leche tibia recordó que debía preguntarle algo a Dimitri.

—Ayer dijiste que mi hija estaba pensando en mí. Y que pronto volvería a verla. ¿Cómo lo hiciste?

—No puedo explicarlo porque algunos pensamientos me vienen solos, pero te puedo decir que es verdad.

—Dime, hijo, cuando te socorrí de la paliza que te estaban dando esos sujetos en el pueblo, parecías estar en otro lugar, como inconsciente, pero al mismo tiempo consciente, no sé si me explico. ¿Es a eso lo que tú llamas «huir a tus tinieblas»?

—Exactamente. Cuando lo hago dejo de sentir. Dejo de estar presente, es lo que me ayudó a sobrevivir.

—Buena táctica, pero me parece que si un día te dan una paliza hasta matarte quedarías en tus tinieblas para siempre. —Manifestó Antón con su directa manera de pensar.

—Entonces sería completamente libre —contestó rápidamente Dimitri.

—Tal parece que aún te sientes prisionero. Creo que aprender a vivir fuera toma tiempo —repuso compresivo Antón.

Dimitri se puso de pie. Había terminado de desayunar al igual que lo hiciera Antón. Recogió la mesa y se dispuso a lavar la vajilla. Quedaron un rato en silencio.

—Debo ir a mi casa, creo que lo haré ahora —dijo Dimitri mientras secaba el último plato.

—No debes hacerte muchas ilusiones, allí no hay nada. Quiero acompañarte, no sea que te encuentres con los matones del pueblo.

—Gracias, Antón.

La vieja camioneta de Antón daba tumbos por una ruta cuyo asfalto sólo se veía por partes. Por momentos la fina garúa se convertía en un copioso aguacero que impedía ver el camino, y el cielo se había oscurecido. Después de cuarenta minutos, avistaron una edificación en ruinas. Por fortuna había dejado de llover, y en apariencia en el lugar no había llovido mucho porque todo estaba bastante seco. La casa o lo que quedaba de ella lucía como un montón de madera quemada y arrumada, incluyendo los enseres. Antón estacionó la camioneta a unos 10 metros de los escombros, pensando en los posibles clavos que pudieran arruinar sus gastados neumáticos. Ambos se encaminaron hacia la casa.

—Me pregunto qué habrá sido del coche y las camionetas —dijo Dimitri.

—Probablemente se encuentren en el estacionamiento de la policía —arguyó Antón.

—Esta era la cocina... y por aquí estaba la sala. Esto parece ser la escalera que llevaba hacia el dormitorio de mis padres y el de mi hermano Wilfred. Yo tenía mi habitación abajo, aquí —dijo Dimitri, yendo y viniendo por las ruinas.

Levantó unas tablas amontonadas en lo que había sido su cuarto y después de descubrir el piso de madera quemada tanteó con la mano buscando algo debajo de los restos del piso. Una sonrisa de satisfacción iluminó su cara. Había encontrado una pequeña caja que milagrosamente ni siquiera estaba chamuscada.

—Aquí está —dijo satisfecho. Pensé que no la encontraría.

—¿Qué es eso?

—Aquí guardaba dinero y cosas de valor para mí.

—¿Dinero? ¿Y de dónde obtenías dinero tú? —preguntó con curiosidad Antón.

—Daba clases particulares a los chicos de la escuela después de clases, todo lo que sus padres me pagaban lo guardaba aquí.

—Así que siempre fuiste muy aplicado, ¿eh?

—Para mí era muy fácil aprender, ya te dije que deseaba ir a la universidad, siempre quise ser astrónomo.

—Aún puedes serlo, para eso no necesitabas venir a este pueblo. Con tu inteligencia podrían aceptarte en cualquier universidad... creo yo.

—Yo también pienso así. Pero tengo curiosidad por saber quién mató a mi familia.

—No veo para qué. Si él o los asesinos aún están aquí, tu vida puede correr peligro.

—Tienes razón, tal vez me estoy dejando llevar por instintos primarios. Pero me gustaría rehacer mi casa, es lo único que tengo. Este terreno aún me pertenece.

Antón se encogió de hombros, él era un hombre práctico. Si el chico quería hacerlo, era cosa suya, le había llegado a tener aprecio y respetaba sus deseos.

—Dimitri, ¿tú crees que mi hija vuelva algún día? — preguntó Antón.

Aquello estaba muy lejos de lo que en ese momento interesaba a Dimitri.

—No lo sé. Es posible, ayer me pareció sentir que deseaba verte —contestó distraído.

—Ah... —Antón lanzó un suspiro. Fue a sentarse en un tronco caído a unos metros de las ruinas.

Dimitri no dejaba de caminar por la casa, iba de un lado a otro como si tratara de recordar algo o como si estuviera reconstruyendo algún momento. Después de un buen rato en ese plan, tomó la pequeña caja que había dejado en un rincón y se encaminó hacia donde estaba Antón.

—No tengo la llave. No recuerdo dónde la dejé.

—Y aunque recordases, cómo podrías encontrarla. Todo está quemado y deshecho. Hasta es probable que lo que haya dentro de cofre sea un montón de cenizas.

—¿Podrías ayudarme a abrirla?

—Que... ¿No te enseñaron a violar cerraduras en el reformatorio?

—Ciertamente, no —dijo Dimitri muy serio.

—Está bien... vayamos a casa que es donde tengo mis herramientas.

—Debo dejar acomodado un lugar para dormir. Mañana volveré y me quedaré aquí.

—Creo que de veras estás loco, pero está bien... te ayudaré a instalarte si tú me ayudas a seleccionar los huevos. El miércoles debo repartirlos temprano.

—Hecho. Si quieres, puedo acompañarte a entregarlos.

—¿Te atreverías?

—Debo hacerlo. No puedo pasar la vida escondiéndome. Es la única manera para averiguar algo acerca de la muerte de mi familia.

—Bien... allá tú. —Antón levantó los hombros en un gesto de impotencia. También alzó su enorme humanidad del tronco y caminó en dirección a la camioneta. Sabía que en el pueblo nadie se atrevería a meterse con el muchacho mientras estuviese a su lado.

Dimitri se sentía a gusto con Antón; un hombre de pocas palabras. Parecía comprenderlo y su ayuda desinteresada le hacía confiar en él. Ahora que había regresado, deseaba empezar a limpiar el terreno donde había estado su casa y levantar una nueva. Antón se había ofrecido a ayudarle, pero antes, le había dicho que debían ir a la autoridad del pueblo para informarle que él estaba libre y tenía derecho de hacer lo que quisiera con su propiedad.

Justamente eso fue lo que hicieron al día siguiente. El comisario leyó con detenimiento el documento que le otorgaba la libertad y llamó al reformatorio para verificar su veracidad.

—Todo está correcto —dijo el comisario— parece que tuviste un magnífico comportamiento en la institución.

—Comisario Weston, Espero que usted lo haga de conocimiento público, porque aquí le dieron una gran paliza de bienvenida —intercedió Antón.

—Puedes ejercer tus derechos en contra de los agresores si lo deseas —sugirió el comisario con cautela, mirando los moretones que aún conservaba Dimitri en el rostro.

—No lo haré. No creo que sea necesario. Es todo lo que deseaba escuchar, muchas gracias, comisario —dijo, despidiéndose.

Al verlos retirarse el comisario se sintió aliviado. La presencia de Dimitri le había causado desasosiego. Algún expediente del caso debió conservarse en la jefatura, y por lo que había oído, aquello había sucedido hacía siete años más o menos. Le pareció recordar que en el pueblo se decía que el muchacho fue encerrado en un manicomio, aunque a él no le parecía que estuviese loco.

Daniel Weston, después de tantos años en la policía, harto de las grandes ciudades, pidió su traslado a un lugar remoto y tranquilo y sus deseos se habían cumplido. Casi en una especie de retiro, pasaba los días conociendo a la gente del pueblo y observando las estrellas, una afición que era más que un hobby. De Dimitri y su familia sabía lo que había escuchado cuando se enteró de la golpiza, y era muy poco. Nadie parecía querer aclarar nada ni hablar al respecto. Dedujo que eran cosas de gente de pueblo; después indagaría en los archivos. Su ayudante, quien mejor podría informarle de ello, se había reportado enfermo por esos días; para el trabajo que había daba igual. Sin embargo, sabía que si quería enterarse de algo no había forma mejor que escucharlo; conocía todos los chismes del pueblo. Tal vez lo único interesante que tenía Old Village era Sara, la hermana de la muchacha que habían encontrado con el chico. Su presencia lo intimidaba, era la primera vez que le ocurría algo semejante después de la muerte de su esposa, y le había parecido que él tampoco le era indiferente. Su ayudante había comentado que estaba a punto de casarse con Wilfred, el hermano de Dimitri que murió en el incendio, pero ella nunca había tocado el tema.

Para Daniel Weston su traslado a Old Village había significado un cambio de aires, se sentía a gusto en ese villorrio en el que nunca sucedía nada importante. Tenía tiempo para dedicarlo a la lectura, especialmente sobre temas de astronomía y de psicología. Tenía un telescopio con el que solía observar las estrellas por las noches y aquel lugar era ideal para hacerlo, porque en el límpido cielo nocturno lejos de las luces citadinas, podía apreciar mejor el espacio. Terminar siendo un olvidado comisario de policía no había sido nunca su idea. Pero como estudiante de astronomía supo desde el principio que sería muy difícil ganarse la vida en esa profesión, así que cambió a medicina y se especializó en psiquiatría. Contrajo matrimonio demasiado pronto y la necesidad de mantener a una familia lo encaminó hacia la policía, no tenía dinero para montar un consultorio, además, era demasiado joven. Empezó como asesor del departamento de investigación criminal; no se podía quejar por cómo le había ido en la policía; tenía especial intuición para la investigación. Lo adjudicaba a su constante observación del universo; había aprendido a tener paciencia y captar los más mínimos detalles en su búsqueda constante de alguna señal en el espacio que le indicase la existencia de algún cometa o cuerpo extraño, y aunque después de mucho tiempo la idea le parecía cada vez más lejana, no dejaba de tener la esperanza de encontrar cuando menos algún nuevo planeta o alguna estrella de neutrones.

Su ascenso en la policía fue tan meteórico como los cometas; resolvió más casos que cualquier otro policía en el mismo cargo. Pero aquella profesión no era compatible con la vida de observación que a él le gustaba. La muerte de su mujer y su hija en un desastroso accidente le sirvió de pretexto para retirarse al lugar más perdido que encontró, sin tener la necesidad de abandonar el trabajo de policía. Un pueblo apacible como aquél, le permitiría dedicarse casi por completo a la astronomía. Cuando vio a Dimitri Galunov sintió una extraña inquietud y no supo a qué atribuirla, presentía que su relativa tranquilidad estaba a punto de acabar.

8

Violet sintió aquella mañana una inexplicable melancolía. Estaba rodeada de sus chicas sin prestar atención a su incesante parloteo. Recordaba a su padre. Casi nunca pensaba en él y cuando lo hacía procuraba que fuese sólo como un recordatorio fugaz. Por un momento pensó que tal vez hubiese muerto. Le invadió una honda tristeza, un sentimiento de culpa, remordimientos por no haber regresado tal como prometió al partir. Se sintió así hasta entrada la noche cuando al lado de Freddy intentaba dormir. Pero dormir era difícil a su lado. Era un hombre apasionado y ella también. Se olvidó de sus temores mientras sentía los labios de Freddy recorrer cada centímetro de su cuerpo. Violet era una mujer ardiente, siempre, desde muy joven. Y esa pasión la había ayudado a salir de abajo desde que pisó la gran ciudad y el viejo Kaminski cayó rendido a sus pies.

Había pospuesto la visita al pueblo tantas veces... Lo cierto era que no deseaba regresar. Se sentía muy por encima de aquella miseria, pero lo que privaba era que le daba temor enfrentarse a su padre y explicarle de qué trataba su trabajo. Él siempre tuvo ideas anticuadas respecto de lo que significaba la decencia y las buenas costumbres. Le tranquilizaba pensar que a su padre no le faltaba lo esencial para vivir, de no haber estado segura de ser así, ella se habría visto obligada a enviarle dinero y tal vez él hubiese dado con su paradero.

La hija de Antón, una mujer de veinticinco años, alta y extraordinariamente bien dotada, de cabellos oscuros y ojos de un extraño color violeta, no era la sombra de lo que fue al salir de Old Village. Al llegar a la gran ciudad contaba diecisiete años, y era una chica pueblerina con aires de gran dama. Siempre se había considerado superior a las demás mujeres del pueblo, porque sabía que era hermosa, y también inteligente. Salió de allí con toda la intención de seguir sus estudios, tal como se lo había planteado a su padre, pero la vida en la ciudad no era tan fácil como ella se la había imaginado. Empezando con que no contaba con suficiente dinero. El que había llevado no le alcanzaba sino para cubrir quince días de renta en un cuartucho de mala muerte, y debía pagar sus alimentos, pasajes, y, sobre todo, comprar ropa más adecuada para poder presentarse a algún trabajo que le permitiese pagar sus gastos y seguir sus estudios.

Después de dar muchas vueltas, a pesar de su edad consiguió un puesto de camarera en el turno de noche de un bar restaurante, gracias al dueño, que desde un comienzo se portó bondadosamente con ella. Terminaba el trabajo a las tres de la mañana, Aun así, al principio creía que podría vérselas de algún modo para dormir un poco y estudiar durante el resto del día. Pero Violet deseaba que se le presentase alguna ocasión para sacar provecho de la belleza que la naturaleza le había concedido. Y desde la primera noche en su empleo de mesera vio que podía presentársele esa oportunidad. Todas las noches con puntualidad, se presentaba un hombre muy bien vestido, cargaba en la muñeca un grueso reloj de oro, pedía lo más caro del menú y le dejaba buenas propinas, lo que para Violet significaba que era una persona de dinero, además, su comportamiento así lo demostraba. Sabía que el hombre estaba interesado en ella, porque la miraba con insistencia y se sentaba en una de las mesas que a ella le tocaba atender. Después de una semana, el individuo le dejó, además de la propina, un pequeño paquete, era tan pequeño, que Violet lo guardó con disimulo en el bolsillo del delantal, pues en el establecimiento no estaba permitido que se tuviera acercamiento con los comensales. Al regresar al cuarto que ocupaba en el hotel no pudo esperar más para abrir la pequeña caja envuelta en fino papel de regalo. Dentro había un anillo con una enorme piedra muy parecida al color de sus ojos.

Era la primera vez que alguien le regalaba algo, y ese anillo parecía ser muy fino. Lo colocó en el dedo anular y le quedó perfecto. Estaba feliz de haber despertado el interés del hombre del restaurante, pero intuía que no debía aceptar el regalo. De pronto, notó que debajo del lugar donde había estado el anillo había un pequeño papel doblado, era una nota: *Espero verte mañana después de tu trabajo. Estaré en el aparcamiento.*

El corazón le latía apresuradamente, se sentía afortunada al haber despertado la admiración de un hombre importante. No veía las horas de regresar a trabajar la noche siguiente. Pero el caballero no fue al restaurante. Violet sintió que el corazón se le encogía. ¿Se habría desanimado? ¿Qué pudo haberle ocurrido? Aquella noche el trabajo fue agotador, los pies los tenía hinchados de tanto ir y venir llevando y trayendo platos, el establecimiento estaba completamente lleno, era viernes y día de pago. A las tres de la madrugada finalmente dejó el uniforme de mesera en el cesto de la ropa sucia, y salió del local por la puerta de servicio llevando con satisfacción su primera semana de pago. Caminó unos cuantos pasos y se topó de manera inesperada con el hombre del regalo. Estaba recostado delante de la puerta del conductor de un lujoso coche y la miraba con una sonrisa.

—Hola —dijo.

—Buenas noches, señor...

—Llámame Freddy.

—Buenas noches, señor Freddy —saludó Violet, sintiendo que el corazón le iría a saltar de su sitio en cualquier momento.

—¿Gustas subir? —ofreció galantemente Freddy.

—Yo... creo que no debo... —Violet nunca había subido al auto de un extraño, mucho menos a uno como aquel.

—No temas, te llevaré a tu casa.

—Está bien. Gracias —respondió Violet, mientras recordaba el anillo que tenía en el bolso.

El hombre condujo lentamente, mientras Violet permanecía muy callada a su lado.

—¿Dónde vives? —preguntó al cabo de un par de cuadras.

—En el hotel La Quinta Noche —respondió Violet un poco avergonzada.

—Conozco el sitio.

—¿Lo conoce? —preguntó asombrada.

—He pasado algunas veces por allí... ¿Qué harás mañana al medio día?

—Pues... supongo que nada. Es decir, mañana sábado es mi día de lavar ropa así que me imagino que estaré en la lavandería.

—Te propongo que almorcemos. ¿Aceptarías?

—No creo que deba... yo no tengo ropa apropiada para salir con usted...

—No te preocupes, iremos a mi casa. Ahí nadie se fijará en lo que lleves puesto. ¿Te gustó la sortija?

—¡Ah! ¡Sí! Gracias —exclamó Violet. Aliviada de no haber tomado la iniciativa. Es muy linda. Justamente la traigo aquí—. Abrió su bolso y extrajo la cajita, entregándosela.

—¿Qué haces?

—No puedo aceptar este regalo. Es demasiado valioso.

—Tú eres más valiosa. Por favor, acéptalo. Lo compré con cariño para ti, la piedra tiene el color de tus ojos. Es una amatista. —Freddy detuvo el auto y la miró con un gesto tan suplicante, que Violet sonrió.

—No, gracias, señor. Me enseñaron a no recibir regalos de desconocidos —dijo, mirándolo con seriedad— además, quién sabe qué puede estar pensando usted de mí.

—Yo no pienso nada... sólo sé que eres una joven muy bonita y que mereces llevar una vida mejor.

—Lo haré algún día. Mientras tanto debo trabajar para lograrlo.

Freddy escuchaba las palabras de la joven y por momentos le conmovía su ridícula inocencia. A veces se odiaba a sí mismo por ser tan ruin, pero era su trabajo, y de ello dependía su estilo de vida. Violet era una joven espectacularmente hermosa a pesar de su juventud. Justamente lo que él estaba buscando, porque chicas así como ella, con ese aire de ingenuidad eran difíciles de conseguir. Pero debía andarse con cuidado, la chiquilla parecía tener cierto carácter.

—Entonces... ¿Aceptas ir a almorzar a mi casa? —preguntó Freddy deteniéndose frente al hotel.

—¿Por qué no almorzamos en otro lugar? Debe haber algún sitio sencillo, donde pueda ir sin avergonzarme de mi vestimenta —respondió Violet inesperadamente.

Aquello no había estado en sus planes. Decidió aceptar para no despertar suspicacias.

—Está bien. Pasaré a recogerte mañana al mediodía, creo que sé dónde podemos ir.

—Gracias. Freddy, fue un gusto conocerle —dijo Violet y le extendió la mano—. Él no tuvo más remedio que darle la suya. Hacía años que no se despedía de una mujer con un apretón de manos. Una sincera sonrisa se dibujó en sus labios mientras la veía cerrar la puerta del auto.

Aquella chiquilla se había dado el lujo de dejarle con la palabra en la boca y... el regalo en la mano. *Gracias, Freddy, fue un gusto conocerle.* Se repetía mentalmente, tratando de darle aire burlón al asunto, pero en realidad estaba asombrado. Pensó que tal vez ella se estuviese haciendo la difícil, pero sabía que no era así. Dando un suspiro, condujo el lujoso automóvil hacia su residencia, situada en un lugar exclusivo de la gran ciudad.

El día siguiente y los que le siguieron, no fueron muy diferentes de la primera vez. Freddy no encontraba la forma de acercarse a Violet de otra manera que la que ella sutil o astutamente le imponía. Violet sabía que Freddy estaba interesado en ella, pero lo que no se imaginaba era que sus intenciones diferían mucho de las que ella pensaba. Después de varios días en los que el asunto no avanzaba, Freddy decidió dejar de frecuentar a Violet por unos días, una táctica que según él le traería buenos resultados.

Para entonces, ya Violet sospechaba que aquel era un plan de Freddy para hacerse extrañar, por lo que no le dio importancia. Presentía que él volvería en cualquier momento. Se sentía feliz por haber logrado enamorar a un personaje como él. Lo adivinaba en su mirada de cordero degollado cuando la miraba sin atreverse a sobrepasarse. Y no estaba muy equivocada, durante el día, Freddy se encontraba pensando en Violet, en su deliciosa sonrisa de niña buena y sus ojos de color violeta, recordando las historias de su pueblo, de su papá y de las amigas del colegio. También de sus sueños de llegar a ganar un mejor salario para poder inscribirse en una universidad durante el día, y llegar a ser una gran odontóloga, porque le habían dicho que ganaban mucho dinero. Era evidente que para Violet lo más importante era el dinero, el problema era que según ella, deseaba ganarlo honradamente. Cuando Freddy pensaba en Violet sentía que un calor se apoderaba de su pecho, un tibio placer invadía su alma al recordarla, e insensatamente se dejaba arrastrar por un sentimiento casi olvidado, y aun presintiendo que no era lo más conveniente, la pasión que lo empezaba a atar a Violet se fue haciendo cada día mayor. Cada uno de los días que había decidido no verla se convirtieron en un martirio para Freddy, el proxeneta más poderoso de la ciudad.

Luego de una semana, se apareció por el restaurante para comprobar que tenía competencia. Ni más ni menos que el dueño del establecimiento. Freddy lo conocía, y se enteró conversando con él, de que Violet era su mesera preferida y pensaba promoverla a otro tipo de trabajo, donde tuviera que ver menos con el público. Con disimulo, Freddy le pasó una nota a Violet y la esperó a la salida.

—Hola Violet.

—Hola. ¿Pensé que nunca más volvería a verlo, ¿Estuvo de viaje? —preguntó Violet con su acostumbrada candidez.

—En parte... sí. —Mintió él, sintiéndose ridículo— me dijo tu jefe que pronto te ascenderá.

—¿En serio?

—Eso entendí. Parece que se dio cuenta de lo mucho que vales.

—Él es muy especial conmigo. Es una buena persona.

—¿Cuánto más especial?

—Bueno... no sé decirlo con exactitud, pero nunca me regaña como a las otras meseras, y es muy cariñoso.

—Creo que debías tener cuidado.

—¿Con qué?

—No todos los hombres que se portan bien contigo pueden tener buenas intenciones... —Se encontró diciendo Freddy para su propio asombro.

—Entonces debería tener cuidado con usted también. ¿No lo cree?

—Yo soy diferente. —Freddy quedó callado un momento. Luego de pensarlo un poco, se atrevió a decir—: yo estoy enamorado de ti.

—Por favor, señor Freddy, no me diga esas cosas...

—¿Podrías dejar de decirme «señor Freddy»? Te lo he dicho varias veces.

—Está bien, Freddy. No te creo, creo que no tienes muy buenas intenciones conmigo.

—¿Por qué lo dices?

—Mi jefe lo dijo. Dice que siempre buscas mujeres jóvenes y bonitas para que trabajen para ti. Y yo no quiero trabajar para nadie.

—Tu jefe es un mentiroso. ¿Acaso no trabajas para él? —alcanzó a contestar Freddy tomado por sorpresa.

—Es diferente. Él me paga. Dice que las mujeres que trabajan para ti, te tienen que dar todo el dinero —respondió Violet imperturbable. Ella sabía que Freddy no esperaba esa reacción de su parte.

Él la quedó viendo mientras trataba de dilucidar qué tendría en mente aquella chiquilla. Era más astuta de lo que aparentaba. Violet sabía que él la estudiaba. Hizo el ademán de despedirse y sintió la mano de él en la suya.

—Es verdad que estoy enamorado de ti —dijo Freddy impulsivamente.

—No sé qué esperas de mí, yo te aprecio como un amigo, has sido siempre muy amable, pero yo no te amo... no creo que pueda corresponderte, Freddy.

—Te daré lo que tú quieras, aprenderás a amarme... Violet, te hablo en serio, deseo que me creas, quiero ocuparme de ti. ¿Querías dinero? Yo te lo daré.

—No sería justo para ti. Por favor, es mejor que me dejes ir.

Ese fue el principio. Violet sabía manejar muy bien la situación. Freddy estuvo detrás de ella semanas enteras, mientras Violet sólo le demostraba amistad. Pero ella lo tenía todo bien calculado. Dentro de su juvenil cerebro maquiavélico, sabía cuándo ser amable, cuándo un poco más cariñosa y cuándo afectar una inocencia que sabía que era lo que lo volvía loco. El dueño del restaurante tampoco estaba fuera de sus planes. No era más una mesera, había empezado a trabajar en la oficina y se vestía mejor que antes, no usaba la ropa de pueblerina mojigata con la que llegó a la ciudad. Joshep Kaminski, tampoco había logrado grandes avances con Violet. El viejo Kaminski se sentía agradecido cuando ella osaba mirarlo con sus hermosos ojos violeta y cuando por motivos de espacio rozaba su apetitoso cuerpo con el de él al caminar por la estrecha oficina, sentía imperiosos deseos de tocarla. Pero Violet sabía mantenerlo a raya, había aprendido a manipular con su belleza, estaba segura que era la única arma que tenía para salir de la pobreza, pero su instinto le decía que debía hacer uso racional de ella.

Freddy actuaba como Violet lo deseaba. Él sentía unos celos incontenibles por el dueño del restaurante, y Joshep tenía celos de Freddy. Aquellos sentimientos los usaba Violet para despertar en ellos sus ansias, y fue así como logró obtener de ambos lo que había ido a buscar a la ciudad: mucho dinero. Consiguió que el viejo Kaminski le pagase los estudios en un instituto, pues no estaba lo suficientemente preparada para presentarse a la universidad, a cambio de acostarse con ella. Le alquiló un piso en un lugar tranquilo y relativamente elegante, y ella siguió trabajando unas horas en el restaurante. Violet era inteligente, además de hermosa, y pronto supo dirigir el restaurante tan bien como el propio dueño, sabía cuáles eran los mejores proveedores, dónde se podía conseguir mejores precios, se aprendió de memoria los menús, y cómo trabajaba el chef. El inventario del almacén de comestibles y el de licores nunca estuvo mejor administrado, y, además, se daba tiempo para eventualmente ver a Freddy, quien estaba perdidamente enamorado de ella, y que de lo único que se lamentaba era de no haber sido el primer hombre en su vida. Violet había decidido que fuese Joshep Kaminski. Él la veneraba como si fuese una diosa, tenía plena confianza en ella, jamás podría imaginarse que Freddy existía en su vida como algo más que un conocido o un amigo a quien se tenía que soportar. Por supuesto, Joshep era casado, él no podía pasar las noches con Violet, tampoco las navidades y otros días feriados, pero se resarcía durante la semana; era un amante incansable. Para él tener a una mujer como ella en la cama, y gozar de su cuerpo joven y turgente se había convertido en una necesidad.

Violet había logrado una vida estable, cómoda y según su particular criterio: decente. Pero ella era ambiciosa, y Freddy le servía para obtener costosos regalos y dinero, que era lo que más le gustaba. Sin que Joshep lo supiera, había abierto una cuenta bancaria donde depositaba todo lo que podía: su sueldo, sus ahorros, lo que Freddy le daba; las joyas y los regalos los vendía y los convertía en dinero depositándolo en su cada vez más abultada cuenta. Él había renunciado a sus planes iniciales de hacerla una más de sus «muchachas». Para él, Violet era única, diferente, era la mujer que él amaba y, esperanzado, recibía las migajas de amor que ella le daba, a cambio de las cuales le hacía costosos obsequios, dado que en su mente no cabía hacer el amor sin pagar, situación que sabía aprovechar Violet, que a su manera, también se había acostumbrado a entregarse a cambio de algo valioso. Ella no amaba a ninguno: a Joshep lo soportaba, y con Freddy saciaba su pasión; era un hombre bien parecido, que pasaba horas en el gimnasio tallando su cuerpo delgado y musculoso, mientras que Joseph, para ella era un anciano de sesenta y siete años, de vientre prominente, al que le gustaba acariciarla por horas, antes de hacerle el amor, y al que Violet tuvo que adaptarse fingiendo que le encantaba.

Tres años después de empezada la aventura en la ciudad, ocurrió la desgracia. Joshep murió en la cama mientras descansaba después de un fogoso encuentro. Algo de esperarse; pero Violet, a pesar de ser una joven astuta, no había previsto que algo así pudiese suceder. Fue entonces cuando se armó el tremendo lío. La esposa del difunto Joshep Kaminski se enteró de la doble vida que éste había llevado y al conocer a la amante del que fuera su marido, muchas cosas empezaron a tener sentido para ella. La mujer no era fea, estaba bastante bien conservada pese a su madurez, una vida de comodidades había hecho de ella una mujer distinguida, pero no tenía los atributos que a Joshep le interesaban y que eran los que Violet le brindaba en la cama con una infinidad de variantes. Empezó a comprender por qué su marido se desaparecía del restaurante y en oportunidades no se le podía encontrar en ningún lado, también la merma en la cuenta corriente, y al ver a Violet, supo adónde había ido a parar el dinero. Tomó el mando del restaurante como lo hiciera cuando empezaron hacía treinta y tantos años, y se deshizo de Violet. La mujer del difunto no pudo sacarle nada de lo que ella consideraba le había sido robado, porque Violet vivía en un piso alquilado, el auto nuevo estaba a su nombre, y la cuenta en el banco era suya.

Freddy consideró que aquello era un golpe de suerte inesperado, porque sabía que Violet acudiría a él. Y no se equivocaba, pero ella tenía sus propios planes. Dejó los estudios y le propuso una sociedad. Su idea era regentar una exclusiva casa de citas. Y Freddy, que seguía enamorado de ella como un orate, aceptó sin pestañear. La vida cambió radicalmente para Violet, había encontrado su verdadera vocación, la facilidad que siempre tuvo para manejar a las personas desde pequeña, especialmente a los hombres, finalmente rendía frutos.

Sin embargo, sabía que su padre jamás aprobaría su forma de vida. No trató de ponerse en contacto con él durante todos los años que estuvo fuera, pero justo ese día su recuerdo punzaba su mente como un taladro. Y Freddy no pudo dejar de notarlo.

—Sé que hay algo que te preocupa, Violet, ¿hay algún problema?

—No. No tenemos problemas con el negocio, si eso es lo que te inquieta.

—¿Por qué piensas que únicamente me preocupa el negocio? —replicó Freddy en tono de reproche— tú sabes que eres lo más importante para mí.

—Perdóname Freddy, lo sé. Es sólo que... no he podido dejar de pensar en mi padre durante todo el día.

—Nunca volviste a tu pueblo... si tú quieres, podemos ir a visitarlo.

—No —repuso vivamente Violet —si he de ir a verlo, prefiero ir sola. Pero ahora no, tal vez lo haga más adelante.

—Y qué, si está muerto. Creo que no deberías dejar pasar mucho tiempo.

Finalmente, Violet resolvió que iría a Old Village.

9

Antón había construido una especie de tienda para que
Dimitri pudiera guarecerse de la lluvia, los restos
carcomidos de madera quemada hacían de paredes
provisorias y grandes pedazos de plástico grueso servían de
techo a su precaria morada. En realidad, parecía una carpa
mal hecha, pero Dimitri se sentía satisfecho de tener un
techo donde dormir. Aquella noche de luna llena el cielo
estaba despejado, y el firmamento lucía espléndido con las
miles de estrellas parpadeando que parecían intentar decirle
algo. Siempre se había sentido atraído por la noche,
especialmente por una como aquella, que le hacía soñar con
mundos lejanos, universos paralelos y agujeros negros. Sí...
Había aprendido mucho en aquellos años en el reformatorio
después de la muerte de la doctora Marie. Luego de su
muerte todo se había solucionado.

Extrañados en la institución por no saber de ella en dos
días, fueron a su casa. Al no obtener respuesta, forzaron la
puerta. Encontraron su cuerpo sin vida en la cama. La
autopsia reveló que había fallecido de un paro cardíaco hacía
aproximadamente cuarenta y ocho horas. Dimitri recibió la
noticia con la misma flema con la que recibía todas las noticias;
sin dar demasiadas muestras de dolor. Y si alguien hubiese
estudiado su rostro con atención, hubiera reparado en el alivio
que reflejaba. Dos días antes, mientras servía el acostumbrado
café matutino de la doctora Marie, había colocado dentro de la
taza varias pastillas disueltas del diurético que ella solía tomar
en su lucha contra la obesidad. Su pasión por los medicamentos
naturales fue su perdición. Un médico homeópata le había

recomendado las pastillas, las cuales hicieron que su sangre empezara a acumular un alto contenido de potasio y magnesio, ocasionándole un paro cardíaco. O por lo menos eso fue lo que el médico forense diagnosticó. Dimitri había leído en la etiqueta del medicamento lo que necesitaba saber para informarse en los libros de medicina el efecto que podría causar una sobredosis de aquellas pastillas, y el resultado era obvio. Gradualmente había ido aumentando la dosis de pastillas camufladas con el fuerte sabor del café que a ella tanto le gustaba tomar y aquello fue fatal para Marie Françoise.

El doctor Brown conversó un par de veces con Dimitri después del entierro, y a pesar de estar enterado del resultado de la autopsia, presentía que el muchacho había tenido algo que ver en todo ello. Pero sabía que sería inútil preguntarle; por otro lado, no se atrevía, temía por su propia vida. Decidió alejarse de Dimitri y fue precisamente lo que hizo. No volvió a tener más contacto con él. Al reformatorio llegó un nuevo director, a quien Dimitri trató desde un comienzo como había aprendido que les gustaba a las personas en esa posición: con devoción y admiración. Logró ganarse su confianza hasta el punto de servirle de asistente. El nuevo director tenía muy en cuenta la inteligencia de Dimitri, que cuidaba de no parecer un superdotado pero sí lo suficiente como para que su buena conducta y aptitud académica le permitiese hacer de profesor de matemáticas cuando éste se ausentaba. Fue así como logró la libertad. Con su expediente cambiado no existía impedimento para que quedase libre al cumplir la mayoría de edad y fue lo que sucedió.

Un sonido fuera de la tienda lo regresó al presente. Se puso en guardia y por un momento cruzó por su mente el reformatorio. Era algo o alguien fuera de la carpa. Se agazapó y trató de mirar entre las rendijas de los tablones de madera pero no logró ver a nadie. Se atrevió a abrir el plástico para poder observar mejor y algo frío y húmedo le rozó la nariz. Dio un respingo y de un salto se ocultó en lo más profundo de la carpa. Un gruñido le indicó que el animal estaba dispuesto a entrar, Dimitri en cuclillas, esperó. El animal o lo que sea que estaba fuera se quedó quieto un momento y luego metió el hocico. La claridad de la noche ayudó a Dimitri a distinguir lo que parecía el hocico de un perro. Se le escapó un suspiro de alivio, por un momento había pensado que era un oso. El animal entró en la carpa y fue directamente hacia él moviendo la cola, gimoteando como si estuviese feliz de encontrarlo. Un enorme lobo plateado. Dimitri acarició el lomo del animal mientras el lobo le lamía la cara, era su lobo, el lobo por el que había dejado morir a su familia. Recordarlo no le causaba tristeza, ni sentía resentimiento alguno por el animal, sentía eso sí, la certeza de que así debió haber sido, como con todo lo que le sucedía, aunque en algunos claros de su vida no tenía aquella convicción, como cuando tuvo que abandonar la amistad del doctor James Brown. Muchas veces no entendía por qué debían suceder ciertos factores que escapaban a su control. Por momentos le parecía estúpido haber regresado a aquel pueblo olvidado. En buena cuenta no era verdad que le interesara investigar la muerte de su familia. Era como una necesidad de estar ahí. La voz era la que mandaba en su vida. Debió rendirse ante esa evidencia. Muy a pesar suyo reconocía que era llevado y traído por aquella voz que durante un tiempo lo había dejado en paz. Sabía que no estaba loco, por lo menos no como los del manicomio. De vez en cuando pensaba que sí lo estaba, que tal vez su locura fuese diferente, que quizás fuese un tipo de demencia no descubierta. Siguió al lobo hacia fuera de la carpa, sabía que deseaba enseñarle algo, y en efecto, así era, no estaba solo. Una hembra de vientre abultado esperaba por él. Se dejó acariciar por Dimitri y después de un buen rato los animales se perdieron en el bosque.

Muchas veces intentó escaparse de la voz, pero se incrustaba en su cerebro y le impedía pensar con claridad. Cuando no luchaba contra ella todo resultaba más fácil, pero su espíritu rebelde le hacía desafiar sus órdenes. Órdenes que al principio parecían sugerencias, pero que con el tiempo se habían transformado en mandatos. Él no deseaba saber más de Old Village, y sin embargo, estaba allí en contra de su voluntad. Había recibido una paliza de bienvenida y no sabía qué más hacer. *Di que estás de regreso porque deseas saber quién mató a tu familia.* Había sido la última orden. ¿Y qué ganaba con ello? Se preguntaba si los demás actuaban como él, dejándose llevar por la voz interior que él escuchaba casi a gritos. Cuando la desobedecía ella desaparecía por un tiempo, como dándole oportunidad de pensarlo mejor. Pero él presentía que siempre estaba allí y lo veía todo.

Dimitri sabía que él era diferente, lo supo siempre. Su madre lo miraba de aquella forma extraña a la que tuvo que acostumbrarse. Sus padres... en realidad, ¿Quiénes habrían sido? Y ¿De qué serviría ya saberlo? Fue abandonado para que muriese de inanición en el bosque o devorado por animales salvajes, de lo contrario... ¿Cómo explicarse que fuera encontrado allí? Si la loba no lo habría protegido como si fuese uno más de sus críos, con seguridad hubiese muerto. Vaya...

otro recuerdo sepultado que salía a la superficie. Parecía que venían a él como un cuentagotas en el momento más inesperado. Las ideas se le amontonaban en la mente formando un embrollo que por momentos le era difícil digerir. Optó por refugiarse en sus tinieblas, el único lugar seguro al que aún acudía cuando tenía necesidad de evadir las preguntas que le asaltaban.

El comisario Weston miraba a través del telescopio aprovechando la noche despejada, pero tenía   los pensamientos muy lejos de las estrellas. No podía apartar de la memoria el rostro de Dimitri. Definitivamente extraño, tanto en su forma de comportarse como en la vacía mirada que pudo captar en él. Pensó que tal vez sería buena idea conseguir su expediente. Acarició automáticamente su más preciada posesión, acomodando su ajuste en el trípode. Un telescopio Newton Ecuatorial C114-HD, con abertura de ciento catorce milímetros, situado en la ventana de su dormitorio. Afortunadamente no tenía que moverlo, pues pesaba catorce kilos, y pesaría más cuando pudiera comprarle un motor. El único accesorio que había podido adquirir era un filtro lunar. Podía observar con comodidad los anillos de Saturno y las franjas de Júpiter, pero no era eso lo que él buscaba; él al igual que otros miles de aficionados a la astronomía buscaba cometas, meteoritos o cualquier cuerpo que flotase en el espacio. Sentía pasión por la astronomía. Toda una pared del dormitorio estaba cubierta por estantes abigarrados de libros; tratados de psiquiatría, de física, astronomía, y hasta un catálogo de estrellas que un amigo le obsequió como regalo de cumpleaños.

La foto de su querida Jane le sonreía desde el portarretratos de su mesa de noche.   Su muerte le había hecho poseedor de una pequeña fortuna, eliminando de su vida las penurias económicas a la que habían estado acostumbrados. Pero el seguro de vida no había apaciguado el dolor de su muerte ni la de su pequeña hija de seis años. Hacía ocho años del accidente. El tiempo se había encargado de borrar los primeros años de sufrimiento y en aquel pueblo perdido deseaba encontrar la tranquilidad que tanto anhelaba. Sorpresivamente se encontró pensando otra vez en Sara. Una mujer que parecía no encajar en un pueblo como ese. Le había parecido adivinar cierto interés en su mirada, aunque la conversación entre ambos nunca pasara de ser superficial. Algunas veces Sara tenía la mirada de una esfinge. Los años de detective en la policía le indicaban que era el tipo de mirada de quien no desea que se hurgue demasiado en su vida. Todo lo contrario de su hermana menor, Jessica, quien con su estrafalaria manera de comportarse parecía pedir atención a gritos. Weston sabía que no pasaría mucho tiempo para que la chica saliera del pueblo, le parecía increíble que aún no lo hubiera hecho. Aquello lo llevó otra vez a Dimitri. Parecía que aquella noche el extraño muchacho no lo dejaría en paz. Se prometió buscar su expediente temprano.

10

Dimitri despertó de madrugada. Después de lavarse la cara en un tonel de agua de lluvia, se encaminó a la cabaña de Antón.   Le había prometido ayudarlo en la recolección y repartición de huevos y eso haría.   Caminó por casi dos horas hasta divisar el humo que salía de la cocina de Antón. Esperaba que le ayudase a abrir su caja, necesitaba algo de dinero.   El olor del tocino y los huevos inundó su nariz haciéndole agua la boca y pese a no contar con demasiado apetito de manera habitual, aquella mañana sentía hambre. La comida de Antón había obrado el milagro, era mucho mejor que la del reformatorio.

—Buenos días, Antón.

—Buenos días, Dimitri, llegas justo a tiempo, siéntate —indicó Antón señalando el lugar donde estaba servido el desayuno.   El penetrante olor del café hacía acogedora la cocina— hay leche caliente, si gustas.

—Gracias, Antón, espero que no hayas recogido los huevos.

—Estoy esperando que tú lo hagas —respondió, mostrando una ancha sonrisa— mientras tanto trataré de abrir tu pequeña caja.

—De acuerdo. —Dimitri se quedó callado por un momento y luego preguntó—: ¿Hace mucho que conoces al comisario?

—Así como conocerlo, no mucho. Vino hace dos años, creo —entornó los ojos   tratando de recordar y prosiguió—. Sí. Fue cuando falleció el viejo comisario anterior, que meses después enviaron al flamante comisario

Weston. Al principio no parecía encajar en el puesto, se veía demasiado citadino, pero nos acostumbramos a él. O él a nosotros. Parece que le gusta ver el cielo con un telescopio. Por lo menos eso es lo que dicen en la taberna. A propósito: Esta noche juego a los naipes, lo hago una vez por semana —agregó Antón pasando de un tema a otro.

—¿Un telescopio? ¿El comisario es un astrónomo? —Inquirió Dimitri con curiosidad.

—Pues yo no sé, pero algo de eso ha de ser. Al parecer, Jessica vio por el aparato. Dice que se ve el cielo diferente a como lo vemos nosotros.

Después de cargar las canastas con huevos en la camioneta, se dispusieron a repartirlos. Antón observaba con disimulo a Dimitri sentado a su lado. No parecía que estuviese nervioso, lucía sereno, algo inusual estando en sus circunstancias. Supuestamente era odiado en el pueblo, pensó.

Las casas situadas a lo largo de la calle principal eran las que mejor lucían, aunque se adivinaba que habían tenido mejores épocas, y en todas, sin excepción, Antón era bien recibido, no así Dimitri, que era mirado con reserva. En el pueblo se había corrido la voz de su llegada y les parecía amenazador tenerlo cerca. Aún no olvidaban el incendio. Pero Dimitri no se daba por aludido ante las miradas de desconfianza y en algunos casos de temor, con las que era visto. La casa del comisario no quedaba en la calle principal, quedaba un poco alejada, haciendo esquina con un pequeño parque que, como todo ahí, lucía abandonado. El comisario Weston tenía una casa de dos plantas con un jardín bien cuidado delante. A diferencia de las otras, lucía como una postal. Parecía no encajar en el villorrio. Sus paredes de listones de madera blanca recién pintadas y el techo de color verde oscuro sin una teja fuera de su sitio, le daba aspecto de recién construida. Antón detuvo la camioneta justo frente a la cerca de entrada al jardín e inmediatamente la puerta principal de la casa se abrió.

—Hola Antón, puntual como siempre —saludó Weston.

—Buenos días comisario, le traje huevos, leche y queso. También el periódico.

—Veo que tienes un ayudante —observó, al ver a Dimitri haciéndose cargo de la entrega—. Puedes dejar todo en la cocina, es al fondo, a la derecha —indicó— ¿qué tal? —preguntó a Antón haciendo una seña con la ceja en dirección a Dimitri.

—Es un buen ayudante —explicó Antón con simpleza— los huevos que estoy dejando son enormes. Últimamente las gallinas se están esmerando.

—¿No les estarás inyectando hormonas o algo de eso? —dijo sonriendo Weston.

—Usted sabe que no. Mis gallinas ponen huevos naturales, son alimentadas con maíz —repuso Antón.

—Lo sé. Estaba bromeando.

—Seguiré haciendo el reparto. Me falta la entrega de Sara —dijo Antón, guiñándole un ojo.

Weston los vio alejarse sintiendo calor en el rostro. No imaginaba que alguien pensara que él y Sara...

—Maldito Antón... —murmuró, mientras se metía en el coche y tomaba rumbo a la Jefatura.

—Iremos a casa de Jessica. Si quieres, puedo hacer yo la entrega —dijo Antón.

—No. Está bien, la haré yo. —Dimitri tenía la cara sin expresión, Antón había notado que curiosamente de vez en cuando le sucedía. Jessica abrió la puerta y la vista de Dimitri iluminó su rostro.

—¡Hola! No pensé volver a verte tan pronto... —dijo ella.

—Hola. Vengo a hacer la entrega semanal de Antón.

—¡Jessica! —gritó Sara desde adentro— dile a Antón que quiero hablar con él.

—No es Antón, es Dimitri —aclaró Jessica.

—¿Qué? ¿Y que desea aquí? —preguntó Sara alarmada.

—Vino a dejar los huevos y el queso.

Sara se acercó a la puerta donde permanecía Dimitri con la cesta en la mano. Sentía desconfianza y al mismo tiempo curiosidad. Vio su figura larguirucha y reconoció en su cara los rasgos de cuando era niño. Sólo había crecido. Seguía teniendo la misma cara pálida y delgada. Por un momento sintió lástima de él, y trató de mostrarse amable.

—Puedes dejar eso en la cocina —dijo suavizando la voz.

—Gracias, señora —respondió mansamente Dimitri, y caminó directamente a la cocina.

—¿Te estás quedando con Antón? —preguntó Jessica, caminando detrás de él. Ella estaba encantada con Dimitri, le parecía un muchacho diferente a los del pueblo.

—No. Estoy en mi casa.

—¿Cuál casa? Tu casa está en ruinas.

—La estoy reconstruyendo.

—Creo que sería mejor levantar una nueva. ¿Duermes allí?

—Sí —respondió Dimitri, sin dar mayor explicación. No quería tener más problemas con Jessica.

—Iré a visitarte un día de estos —prometió ella coqueteando descaradamente con él.

No respondió. Se despidió de ella y de su hermana y salió con la cesta vacía en dirección a la camioneta.

—¿No deseabas hablar con Antón? —preguntó Jessica.

—Ya no es necesario —respondió Sara, mientras veía alejarse la camioneta.

David Weston leía el expediente que tenía sobre el escritorio. Comprobaba que reflejaba lo que había escuchado en el pueblo desde el día de la paliza. Cuando Dimitri era un niño de once años había sido encontrado culpable de quemar su casa con sus padres y hermano dentro. Lo acusaron de asesinato y el comisario juntando una serie de testigos le adjudicó locura. El juez de una ciudad cercana decidió que sería lo más adecuado recluirlo en un sanatorio psiquiátrico y ahí fue a parar el niño. ¿Cómo terminó en un reformatorio? Era la parte que debía investigar. Tomó la copia del documento que Dimitri había dejado el día anterior y llamó otra vez al reformatorio. Todo se veía muy confuso.

—¿Señor Harby Richards? Soy David Weston, comisario de Old Village. Ayer lo llamé para preguntarle acerca de un joven llamado Dimitri Galunov. Dejé el mensaje.

—¿Dimitri? Ah... Sí, lo recuerdo. ¿Le puedo ayudar en algo? Espero que no se encuentre en problemas.

—No, en realidad. Únicamente deseaba saber los motivos por los que estuvo recluido en esa institución. Usted sabe, deseo guardar orden en el pueblo y es mi deber enterarme de ciertos detalles de sus habitantes.

—Por supuesto. Señor... ¿Weston? ¿Me permite su número telefónico? No acostumbro dar ciertos datos por esta vía, pero lo llamaré en unos minutos.

Weston esperaba impaciente. Habían transcurrido cinco minutos y Harby Richards no llamaba. Suponía que se estaba informando acerca de la veracidad de la llamada. Segundos después repicó el teléfono.

—Señor Weston, disculpe, pero debo estar seguro con quién hablo. En efecto, Dimitri Galunov estuvo aquí cuatro años. El motivo: *Reclusión por mala conducta consecutiva agravada por el fallecimiento de su madre. Padre alcohólico que abandonó el hogar, incapaz de hacerse cargo de su crianza. No existen más familiares. Se recomienda poner énfasis en su enseñanza, parece ser un joven inteligente.* Es lo que figura en su expediente.

—¿Existe alguna dirección?

—Pues ahora que lo dice, no. Pero no es raro, muchos de los que aquí se encuentran no tienen domicilio conocido.

—¿Quiere usted decir que Dimitri entró al reformatorio a la edad de catorce años?

—Así es. Dígame, comisario, ¿existe algún problema?

—No. Sólo quería cerciorarme de que los datos que él me dio coincidan con los suyos —mintió Weston—. ¡Ah! Y algo más: eso de que es un joven inteligente, ¿A qué se refiere exactamente?

—Comisario, Dimitri es un joven muy inteligente —dijo Richards, recalcando la palabra *muy*. Su coeficiente intelectual es sobresaliente, especialmente en matemáticas y física. En ocasiones reemplazaba al profesor de matemáticas, que tiene una salud precaria.

—Vaya... eso es sorprendente. De manera que usted considera que el joven Dimitri cumplió con los requisitos para reintegrarse a la sociedad. Lo asombroso es que siendo tan inteligente como usted dice no haya preferido seguir estudios superiores.

—En la última conversación que tuve con él, me dijo que quería encontrar a su padre y que deseaba ayudarlo. Loable de su parte, pero a mi modo de ver algo inútil. Dijo que si no lograba encontrarlo en unos meses regresaría y aceptaría la beca que le ofrecieron. Olvidaba decirle que fue aceptado en Princeton con muy altas calificaciones.

—Estoy sinceramente asombrado. Él no dijo nada al respecto.

—Dimitri es un joven reservado.

—Ya lo creo. Señor Richards, muchas gracias, ha sido muy amable.

Weston colgó el auricular y se quedó mirando el expediente de Dimitri. Parecía ser de otra persona. Buscó el teléfono del hospital psiquiátrico donde se suponía había sido internado al comienzo. Los antecedentes no encajaban, y no eran únicamente los datos que acababa de escuchar, y que, evidentemente eran falsos.

—¿Doctor James Brown? Soy David Weston, comisario de Old Village. Le llamo para saber los antecedentes de un niño llamado Dimitri Galunov que fue internado en ese hospital.

Un silencio más largo de lo usual precedió a la pregunta.

—Dimitri... Sí, lo recuerdo —dijo Brown, con una voz que a Weston le pareció de alguien que no deseaba tocar el tema.

—¿Podría decirme cómo es que dejó el sanatorio y fue a parar al reformatorio? ¿Se curó de la locura?

—Eh... bien, para empezar, no creo que el niño estuviese realmente demente.

—Explíqueme eso por favor.

—Al principio todos creímos que era uno más, igual a los que aquí se encuentran, pero tiempo después me di cuenta que era un niño muy inteligente. Tomé interés en su caso y después de hablar con él y leer las causas que lo condujeron aquí, creí que... se había cometido una grave injusticia.

—¿Usted lo sacó de allí?

—Créame que no se merecía esto. Y aparentemente en el reformatorio no le fue tan mal, dígame algo, ¿por qué desea saber de Dimitri?

—El joven Dimitri Galunov se encuentra en libertad y ha regresado al pueblo. Sólo deseaba cerciorarme de que los datos que él me dio coincidieran con los suyos.

—Ah... bueno, y... ¿coinciden? —pregunto Brown con una voz que trataba de ser indiferente.

—Pues... creo que sí —volvió a mentir Weston—, escuchó un suspiro de alivio al otro lado de la línea.

—Siendo así... me alegra haber podido ayudarle.

—¿Podría volver a llamarle si necesito preguntarle algo que se me haya pasado por alto?

—Por supuesto. Por supuesto —repitió Brown, aclarando la voz por un ataque de carraspera.

Su hombro saltaba sin control. Había empeorado después de lo de Marie. Estaba seguro que el muchacho estaba involucrado en su muerte. ¿Qué sería lo que buscaba el comisario? Una nube negra se posó en su memoria. Aún tenía nítidos los recuerdos de Dimitri, y especialmente de los sentimientos que le trasmitiera la última vez que lo vio. No comprendía por qué cada vez que pensaba en él sentía lo mismo.

El comisario Weston intuía que algo no estaba claro. En el reformatorio aparecía un expediente que hablaba de una madre muerta y un padre alcohólico. Era evidente que alguien mentía. Y era Dimitri. El director dijo claramente que su intención al salir era encontrar a su padre. A no ser de que lo buscase en el cementerio no le veía el sentido. Debía hablar con Dimitri. Pero... ¿qué ganaba con eso? ¿No sería mejor dejar a un lado todo aquello que parecía no encajar? De todos modos, el muchacho no parecía ser peligroso, y, como decía el señor Richards era tan inteligente hasta el punto de obtener una beca para una de las universidades más prestigiosas. Y era lo que más le preocupaba: su inteligencia. Y Weston no era de los que dejaban las cosas así como así. Para él todo debía tener un motivo, y su instinto de detective le decía que tras la aparente mansedumbre de Dimitri podría existir algo más. Una voz conocida le hizo salir de sus cavilaciones haciéndole latir el corazón más rápido de lo acostumbrado. Era Sara.

—¿Comisario? —llamó Sara desde la puerta.

—Adelante, ¿A qué debo tan agradable visita? —preguntó Weston.

—Verá, comisario, hoy estuvo Dimitri por la casa.

—Sara, puedes tratarme sin tanto protocolo, mi ayudante aún no ha llegado.

—Tú sabes que no me gusta Dimitri. Temo por mi hermana, no quiero que él vuelva a acercarse a mi casa.

—¿Se lo dijiste?

—No. Esperaba que tú lo hicieras...

—Mientras él no viole la ley o haga algo en tu contra, no puedo prohibirle que trabaje. Es el repartidor de Antón.

—Lo sé, pero su presencia me desagrada. Siento algo raro cuando lo tengo cerca.

—¿Es por Wilfred? Me enteré de que su hermano era tu novio. Ha pasado mucho tiempo.

—No es lo que estás pensando...

—Sara, Wilfred murió hace siete años. Nada lo va a regresar a la vida... y es posible que Dimitri no lo haya matado. ¿Nunca se te cruzó esa idea?

—Sí... tienes razón. Yo sé que Wilfred está muerto. Pero en Dimitri hay algo siniestro. Es la palabra adecuada.

—¿En qué te basas para decir algo así? —preguntó Weston, extrañado.

—Desde pequeño era muy raro. Su hermano siempre contaba cosas de él —arguyó Sara, rompiendo el silencio que siempre había guardado al respecto.

—¿Cómo cuáles?

—Como que no tenía miedo a la soledad ni a la oscuridad. Una vez Wilfred lo encerró en un armario, Dimitri tendría entonces tres años, estuvo muchas horas allí sin quejarse ni emitir ningún sonido. Wilfred se asustó porque pensó que había muerto y abrió el armario, cuando lo hizo, Dimitri estaba con los ojos abiertos como si estuviese mirando el vacío, no lo veía a él. Fue después que Wilfred lo sacudió para saber si se encontraba bien cuando volvió en sí. Me decía que lo encontró así en varias ocasiones, parecía comunicarse con algo o alguien o tal vez consigo mismo, no lo sé, pero no es normal.

—Yo creo que era Wilfred quien se comportaba raro. Eso de encerrarlo en un armario por horas no parece muy normal que digamos. Es probable que Dimitri hubiese desarrollado un sistema de autoprotección para evitar la angustia.

—¿Y qué me dices de los lobos?

—¿Lobos?

—Wilfred decía que solía escaparse cuando todos dormían para jugar con los lobos en el bosque.

—Sara, cuando los niños no se sienten aceptados buscan el reconocimiento en otro lado, eso no los hace locos.

—Dijo que su padre un día apareció con él en la casa. Él no era hijo de los Galunov.

—Vamos por partes, ¿cómo es eso? —Weston estaba aturdido. Dimitri era una caja de sorpresas.

—Aunque sus padres nunca lo aceptaran ante otros, Wilfred me contó que ellos siempre discutían a causa de ello. Su madre pensaba que era el hijo de alguna otra mujer y que su marido se había visto obligado a llevarlo a casa.

Sara retomó la cara de esfinge que Weston conocía. Él sabía que ya no deseaba tocar más el tema. El ligero estrabismo de sus ojos azules daba a su mirada una apariencia de lejanía, pero aquello en lugar de restarle atractivo la hacía parecer misteriosa. Weston reconocía que Sara lo atraía más de lo que hubiera deseado, y lo menos que deseaba hacer era contradecirla.

—Está bien, hablaré con Dimitri para que procure no acercarse a tu casa. Tranquilízate.

—Es lo que deseaba escuchar, gracias, David.

—¿Qué harás esta noche? —preguntó Weston.

—Ver televisión. ¿Qué otra cosa podría hacer en este lugar?

—Quería invitarte a cenar. Cocinaré pollo al horno... después podríamos ver las estrellas...

—Me gusta la idea, estaré en tu casa a las siete. Si lo deseas, puedo ayudarte en la cocina —ofreció Sara, preguntándose cuándo le propondría acostarse con ella. Se había tardado más de un año en entablar amistad, y casi otro año en invitarla de vez en cuando a ver por su telescopio. ¿Tendría que pasar otro año para llevarla a la cama? Tal vez estuviese esperando que ella tomase la iniciativa.

—No. No es necesario, tendré la cena lista. Con tu presencia es suficiente... yo... te esperaré esta noche. Estamos en una época inmejorable para apreciar la Vía Láctea.

—¿La Vía Láctea? Oh... Sí, claro. —Sara no pudo reprimir una sonrisa.

Se le formaron unos hoyuelos en las mejillas que para él eran lo máximo de la sensualidad femenina. Adoraba sus hoyuelos tanto como los agujeros negros y las supernovas. Su sonrisa era lo único que faltaba para iluminarle el resto del día. Sara se despidió y se perdió por la puerta sabiendo que David observaba el movimiento de sus caderas.

11

Para Weston aquel era un día inusual. En ese apartado rincón del mundo existía un misterio que pensaba clarificar y empezaría de inmediato. Subió al auto y se dirigió a la cabaña de Antón, lo más seguro era que Dimitri estuviese allí. Craso error. No había nadie en el lugar, las únicas que le dieron la bienvenida fueron las gallinas, con sus incesantes cacareos. Se le ocurrió que si ambos estaban juntos, lo cual era muy probable, tal vez estuviesen en la derruida casa de Dimitri. Enfiló el vehículo hacia allá y después del largo recorrido se dio cuenta que tenía razón. La camioneta de Antón se hallaba estacionada cerca de la que parecía haber sido una enorme casa. Antón y Dimitri estaban removiendo escombros y apilándolos en orden a uno de los lados. Aparentemente iniciaban el trabajo de reconstrucción. Se acercó después de dejar el coche de patrulla cerca de la camioneta de Antón, y mientras lo hacía se preguntaba qué diablos estaba haciendo allí. Tal vez fuese un error, y aquello no le llevaría a ningún lado. Pero la inercia de sus pasos lo llevó inevitablemente hacia allá.

—Buenos días, Antón, hola Dimitri.

—Buenos días, comisario —contestaron al unísono Antón y Dimitri.

—Veo que planeas quedarte por aquí un buen tiempo... —señaló Weston con un gesto indicando el trabajo.

—El necesario para levantar esta casa otra vez— respondió Dimitri con su pausada y reservada manera de hablar.

—Espero que no haya algún problema, ¿Eh comisario? —resopló Antón después de dejar una carga de maderos quemados a un lado.

—No..., no hay problema. Pasaba por aquí y quise cerciorarme de que todo estuviera en orden. —Weston se preguntaba por qué daba tantos rodeos para hablar con Dimitri. No estaba seguro cómo empezar. Tal vez fuese mejor largarse y dejarlo todo así.

—Comisario... ¿Tiene usted una idea del lugar donde pudieran estar los vehículos de mi familia? —preguntó Dimitri

—¿Los vehículos? —preguntó a su vez Weston como saliendo de un ensueño—, pues... deberían estar en el depósito de vehículos. Creo yo. Hay ahí unos cuantos, sí, es muy probable que estén ahí.

—Creo que voy a necesitarlos.

—¿Tienes licencia de conducir?

—No. Quiero venderlos. Necesito el dinero para comprar materiales —respondió, señalando con un gesto la casa.

—Comprendo. Pasa mañana por la Jefatura y veremos qué puedo hacer. Dimitri, hablé con el director del reformatorio. Dijo que en Princeton te habían recibido. ¿Cuándo piensas empezar?

—Dedicaré unos meses a la reconstrucción de mi casa. Después tendré adónde regresar.

—Vaya... me parece una buena razón. —Weston se despidió y se dirigió al coche.

—¿A quién piensas venderlos? —preguntó Antón— no creo que en este maldito pueblo alguien quiera comprar las camionetas.

—Este no es el único lugar donde compran vehículos. Podemos llevarlos a alguna de esas agencias donde compran y venden autos.

—«¿Podemos?»

—Bueno, digo, si quieres ayudarme a llevarlos, porque yo no sé conducir —sonrió Dimitri.

Antón se recostó sobre el tronco donde acostumbraba hacerlo y lo miró. Eran tan pocas las veces que el chico sonreía que cuando lo hacía era todo un acontecimiento.

—Está bien. Yo conduciré los malditos coches. Si es que existen —recalcó.

—Antón... creo que debes ir a tu casa —dijo de improviso Dimitri—. Tu hija está al llegar.

—¿Estás seguro? —inquirió Antón sorprendido.

—Seguro. Ve, yo me quedaré aquí, es preferible que estén ustedes solos... Creo yo.

—Sí. Bien, gracias, Dimitri, mañana temprano te espero para desayunar. Quiero que conozcas a Violet.

—Hasta mañana, entonces.

Antón condujo la camioneta endiabladamente rápido. Estaba ansioso por arreglar un poco la casa antes de la llegada de Violet, debía cambiar las sábanas de su cama, asear la cocina, en fin, tenía tantas cosas qué hacer... Pensó que debía estar loco por creer ciegamente en lo que Dimitri decía. Ocho años sin verla y se presentaba de un momento a otro. ¿Qué pudo haberle ocurrido? Un suspiro involuntario se escapó de su pecho y casi quedó atrapado en su garganta cuando divisó un elegante coche de color azul marino aparcado frente a la cabaña.

—¡Papá! —era su Violet, y corría a darle el alcance.

—Violet, hija, ¿cómo es que viniste sin avisarme? ¿Cómo estás? ¿Te encuentras bien? —las preguntas le salían a borbotones mientras Violet lo abrazaba riendo.

—Sí, papá, estoy bien, perdóname por no llamarte antes, pero no quería hacerlo hasta poder regresar como te lo prometí.

—¿Te quedarás aquí?

—No, papá, debo regresar a trabajar, solo vine por unos días.

—Ah... Y dime, hija, ¿terminaste tus estudios? ¿Dónde trabajas?

—Papá, no es fácil la vida en la ciudad, estuve trabajando en un restaurante, pero al morir el dueño empecé a trabajar por mi cuenta. Yo era su asistente, me ocupaba de las compras, los proveedores, los pedidos, el personal, y de noche estudiaba, pude reunir una cantidad de dinero y ahora tengo una agencia de empleos.

—Suena sencillo. ¿Y tus estudios? —preguntó Antón suspicaz.

—Los tuve que dejar, pero no me va tan mal, creo que por ahora no estudiaré.

Después de los primeros momentos Antón notó los cambios en su hija. Ella lucía diferente, claro que siempre había sido diferente a las chicas del pueblo, pero había vuelto con ademanes y modales ciertamente extraños. Su ropa era de muy buen gusto, hasta parecía una señora importante, su manera de hablar... definitivamente su hija no era la misma. Empezó a sentirse disminuido ante ella.

—Violet... ¿Por qué regresaste?

—No creo que sea una pregunta pertinente. Soy tu hija, deseaba saber si estabas bien...

—Con una llamada hubiera bastado. ¿Te encuentras en problemas?

—Papá, no veo por qué tu aprensión, simplemente deseaba verte, hace días te tengo en la mente, no lo puedo explicar, pero sentí la necesidad de venir y saber por mí misma que todo estaba bien. Mi intención era dejarte algo de dinero, puedo hacerlo, he ahorrado algo...

—¿Hace cuántos días? —preguntó Antón sin prestar atención al resto de la conversación.

—¿Cuántos días qué?

—Dijiste que hace días no podías dejar de pensar en mí.

—Cierto. Creo que hace unos días, no recuerdo exactamente, ¿Qué importancia tiene? Solo sentí la necesidad urgente de venir... hasta temí que pudiera haberte sucedido algo. Qué bueno que no fue así.

—Tienes razón. No tiene importancia, hija, me encuentro bien, ya ves, no me dedico más a la carpintería, he construido un gallinero y vendo semanalmente huevos frescos, hasta tengo un ayudante.

Antón hablaba pero su mente no estaba en esos momentos ahí. Tenía a Dimitri metido entre ceja y ceja

—Me alegro por ti, papá. Perdóname por no llamarte antes, no volverá a suceder, te amo, papá. —Violet abrazó a su padre como hacía tiempo no lo hacía. Lo mismo sucedía con Antón, pero la diferencia era que él presentía que nada de aquello era fortuito.

—Tu cuarto está igual que siempre, linda, pero no tuve tiempo de arreglar tu cama, si hubiera sabido que vendrías *tan pronto*, hubieras encontrado tu cuarto en orden...

—No te preocupes papá, estaré feliz de limpiar esta casa —dijo Violet. Se preguntaba si su padre pensaba que ocho años era demasiado pronto.

—Ponte cómoda, hija.

Antón prefirió no dar mucha importancia a las ideas que rondaban su cabeza y procedió a preparar la cena.

12

El comisario Weston se sentía feliz de tener a Sara a su lado. Al principio el telescopio había sido una manera de poder acercarse a ella con el pretexto de enseñarle a enfocar cuerpos celestes; pronto descubrió que también era un buen pretexto para enfocar otra clase de cuerpos. Esa noche durante la cena, Weston había evitado el tema de Dimitri, pero inevitablemente una cosa llevó a la otra.

—Sara... ¿No tuviste novio despúes de...?

—¿Wilfred? —se adelantó Sara— no. Y no es porque haya guardado luto por él durante tanto tiempo. En este pueblo sería difícil conseguir novio.

—¿Aún sientes algo por él?

—A decir verdad, no lo recordaba hasta la llegada de Dimitri. A propósito, ¿hablaste con él?

—Lo haré mañana. Irá a ver si los vehículos de su familia están aún en el depósito.

—Qué descaro. Primero mata a su familia y ahora reclama los bienes.

—¿Sabes algo? No creo que él haya matado a nadie, y créeme que tengo experiencia en esto.

—Me temo que no le conoces lo suficiente para afirmar algo así.

—No deseo seguir hablando de Dimitri —aclaró Weston—, deseo hablar de nosotros.

Sara aguardó en silencio a que Weston siguiera hablando, pero él no lo hizo. Se acercó a ella y la besó en los labios mientras volteaba el retrato de la finada Jenny en la mesa de noche.

Durante todo el tiempo que Weston llevaba en la policía, muy pocas veces se había encontrado en una situación tan vaga y falta de sentido. No comprendía cómo un niño asesino internado en un manicomio, terminaba en un reformatorio con datos que no concordaban entre ambas instituciones. No era lógico, y cuando algo no lo era, él no se detenía hasta encontrar una razón. En algún momento alguien cambió los datos, en algún momento alguien ayudó a que el chico fuera de una institución a otra. ¿Motivos? ¿Qué había detrás de todo eso? Eran preguntas que le zumbaban en el cerebro y que no hallarían respuestas hasta que el propio Dimitri le aclarase el panorama. Había transcurrido la mañana y el muchacho no se había presentado en la jefatura. Weston encontró en el depósito dos camionetas y un coche, todos de marca Chevrolet. Para la fecha de la tragedia tenían más o menos dos años de uso. La familia Galunov no había estado precisamente en la indigencia, la casa tenía vestigios de haber sido grande, y existía una cuenta bancaria con una apreciable cantidad. Al muchacho le correspondería reclamarla como único heredero. Habían sido los propietarios del principal almacén de comestibles. ¿Podría ser esa la causa del asesinato si es que lo hubo? Y la cuenta... ¿Podría un niño de once años estar enterado de aquello? Y si era tan inteligente como decían, ¿Cómo es que fue encontrado con la prueba del delito en las manos? Por lo menos era lo que evidenciaba el expediente: bidones de gasolina vacíos en las manos. Tomó el libro de psiquiatría que había estado leyendo para disipar un poco su mente, pero justamente trataba del fenómeno de la doble personalidad. Y su mente otra vez lo llevó a Dimitri.

Mientras tanto, Dimitri disfrutaba de un almuerzo especial en casa de Antón. Era la primera vez que se relacionaba de manera amistosa con una mujer que no fuera una doctora, una enfermera o Jessica, de manera que la experiencia de participar en una conversación ordinaria con alguien como Violet, era nueva para él.

Dimitri no era precisamente un joven al que Violet encontrase atractivo. Su aspecto delicado, de rostro pálido, y con signos de ser bastante tímido, hacía que ella lo tratara como un chiquillo, y en efecto, él no pasaba de ser uno de dieciocho años, aunque aparentaba menos. La experiencia de Violet siempre había sido más amplia, y debido al mundo en el que se desenvolvía, mucha más que el promedio. Y contaba veinticinco. Dimitri nunca había visto una mujer como ella, Su presencia lo turbaba, especialmente cuando clavaba sus grandes pupilas color violeta en él. Antón sonreía divertido al ver que el muchacho no encontraba las palabras apropiadas para dirigirse a ella, y le constaba que poseía un amplio vocabulario.

La conversación hubiera seguido por el camino trivial e intrascendente al que Violet estaba acostumbrada, si no fuera por la mente racional y coherente de Dimitri. Un poco cansado de lo que parecía ser una especie de juego de palabras que no llevaba a ningún lado, y poco habituado a utilizar el idioma si no era de manera concreta, preguntó:

—¿Dónde trabajas?

—Tengo una agencia de empleos.

—¿De qué tipo?

—Toda clase de empleos —contestó Violet a la defensiva. Gesto que no pasó inadvertido a Dimitri.

—Toda clase de empleos... es una amplia gama dónde escoger. ¿Puedes conseguir empleo a un profesor de matemáticas? O ¿A un científico?

—Bueno, nunca se ha presentado un científico a buscar empleo...

—Yo soy profesor de matemáticas. También me han hecho pruebas de física cuántica, y estoy capacitado para dar clases.

—¿Tú? —preguntó con incredulidad Violet.

—Sí. Conozco personas que podrían extender referencias por escrito.

Dimitri sentía que finalmente estaba en su ambiente, y aunque su intención no había sido lucirse, disfrutaba el momento, al verla sorprendida, y sobre todo, insegura.

—Me temo que eso va más allá de mis alcances. Yo podría conseguirte empleo como camarero, vendedor, jardinero, ese tipo de oficios.

—Entonces, no consigues toda clase empleos.

—Bueno, es un decir, ¿todo lo tomas al pie de la letra?

—Generalmente sí. Cuando las preguntas son directas, requieren respuestas directas. No es muy difícil.

—Creo que el mundo no está preparado para ti, Dimitri —rió Violet.

—¿Por qué? —preguntó él ingenuamente.

Aquello aumentó la hilaridad de Violet. No podía creer que fuese tan cándido.

—¿Dónde estuviste hasta ahora?

—Primero en un manicomio y después en un reformatorio. —Fue su respuesta instantánea.

Violet dejó de reírse. Se quedó observándolo con cuidado. No sabía si se estaba burlando de ella.

—Lo que dice Dimitri es cierto —terció Antón—, pero esa es una historia superada, ¿verdad Dimitri?

—Así es. Está superada.

—No. Un momento, ¿cómo es que estuviste en un manicomio?

—El chico quedó sin familia y lo enviaron a un manicomio pensando que estaba loco —volvió a interrumpir Antón—. Sus padres murieron en un accidente.

—Comprendo. Supongo que los niños sufren traumas psicológicos cuando eso sucede —se respondió a sí misma Violet. Dimitri no hizo nada para sacarla de su error. Se estaba acostumbrando a su forma de razonar y consideró inútil la aclaratoria.

—Antón, debo ir a ver al comisario Weston —recordó Dimitri.

—¿Cambiaron de comisario? —preguntó Violet.

—Sí, el viejo comisario murió hace casi tres años.

—Sucedieron muchas cosas en este pueblo en mi ausencia.

—Hubieran ocurrido igual, de haber estado tú aquí —razonó Dimitri.

Violet le miró como si estuviera loco. Antón blanqueó los ojos y prefirió ignorar el asunto.

—Si deseas, puedo dejarte en la jefatura. Así echaré una ojeada al pueblo, pasaré a visitar a Wilfred al almacén —ofreció Violet.

—Wilfred era el hermano de Dimitri. Falleció junto a sus padres —aclaró Antón.

—Perdóname Dimitri, no te recordaba, lo siento tanto. Tu hermano era un buen muchacho, de veras lo siento.

—No es importante, eso sucedió hace tiempo —contestó Dimitri.

—Mi oferta sigue en pie. Podemos ir ahora si quieres. De todos modos deseo dar una vuelta por el pueblo.

13

Eran casi las tres de la tarde cuando el auto azul de Violet lo dejó en la puerta de la jefatura. Weston ya no esperaba verlo llegar cuando sintió un suave sonido de motor, se asomó y a través de las persianas vio a Dimitri. ¿Quién sería aquella belleza? —se preguntó, al ver a la mujer al volante del coche que en ese momento se alejaba.

—Buenas tardes, comisario.

—Hola, Dimitri, pensé que vendrías temprano.

Dimitri no consideró necesario contestar.

—Los vehículos están en el depósito, pero debes pagar una cantidad por el tiempo que estuvieron resguardados. Es la norma.

—No dispongo de mucho dinero, únicamente lo que tenía en mi alcancía.

—El banco tiene el dinero de tu padre depositado en una cuenta, creo que deberías reclamarlo.

—¿Usted me ayudaría? No sé qué debo hacer.

—Por supuesto, no te preocupes, creo que puede arreglarse —¿quién era la joven que te trajo?— Weston no podía esperar para saberlo.

—Es la hija de Antón. Vive en la ciudad y vino a visitarlo.

—¡Ah! Es bonita, ¿no lo crees?

—Sí. Es bonita —dijo Dimitri con una ligera sonrisa.

—Dimitri, antes del reformatorio estuviste en un hospital psiquiátrico, ¿cierto?

—Sí.

—Cuéntame cómo saliste de allí.

—El doctor James Brown me recomendó a la doctora Marie Françoise, era la directora del reformatorio para entonces. Fue así como salí del manicomio.

—Te curaste y pudiste salir.

—Nunca estuve loco.

No entendía bien, o Dimitri en efecto, estaba loco. Era como incriminarse a sí mismo.

—Veamos, Dimitri. Aclaremos algo. Llamé al reformatorio y los datos en tu expediente no coinciden con los del psiquiátrico. ¿Tienes idea por qué?

—Lo siento. No lo sé.

—Creo que hablaré una vez más con el doctor James Brown.

—Si habló antes con él, quiere decir que ya le explicó todo.

—¿Qué es todo?

—Cuando me llevaron al manicomio pensaron que yo estaba loco. Creyeron que había matado a mi familia. Eso no fue así, pero no podía hacer nada. Me resigné a vivir en ese lugar comportándome como uno más de ellos, porque comprendí que si se daban cuenta de que no estaba loco, pensarían que yo había matado conscientemente a mi familia. El doctor Brown se dio cuenta que yo no era un demente sino todo lo contrario.

—¿Cómo ocurrió?

—Yo tenía acceso a la biblioteca del hospital, él me vio leyendo uno de los *Principia* de Newton.

—Explícame mejor. ¿Cuántos años tenías?

—Doce años.

—¿Me quieres hacer creer que a esa edad te interesaban esos temas? —inquirió Weston con la incredulidad reflejada en el rostro.

—Comisario, esos y otros más. Mi deseo de leer proviene de lo más profundo de mi cerebro. Siento por momentos que no soy yo el que lee, a pesar de que entiendo todo perfectamente. El doctor Brown me presentó a la doctora Marie Françoise, la directora del reformatorio, ella prometió darme la libertad cuando cumpliera dieciocho años si formaba parte de una sociedad de niños Índigo. Pero no todo salió bien, porque sus niños no estaban a mi nivel intelectual y en una reunión donde ella esperaba recaudar fondos le hice quedar mal.

—Perdón, no comprendo...

—Las preguntas de matemáticas me las hicieron a mí, después de eso los otros lucían poco preparados, también alivié de un dolor de cabeza a una señora que parece que era la representante del gobierno, y a pesar de ello, la doctora Marie Françoise me culpó por no haber recibido los fondos y por haber arruinado el negocio que tenía con el asunto de los niños Índigo, que por cierto, eran unos farsantes.

—He leído algo acerca de niños Índigo, creo que es pura charlatanería.

—El doctor James también pensaba igual, y el motivo principal por el que me presentó a la doctora era el de descubrir el fraude. Al ser yo un niño superdotado sin ser un Índigo los otros quedarían al descubierto.

—¿Qué fue de la doctora?, el director del reformatorio ahora es otro.

—Ella falleció de un paro cardíaco.

—Supongo que no habría deseado saber más de ti después de lo ocurrido en aquella reunión.

—A decir verdad, cumplió con su palabra de internarme en el reformatorio, pero desgraciadamente murió meses después.

—Todo es muy extraño. Dime, ¿Qué tan superdotado eres?

—Puede hacer las preguntas que usted desee y si he estudiado al respecto, las responderé.

—¿Sabes algo de astronomía?

—Algo, sí.

—¿Qué sabes de la Luna?

—Es el satélite de la tierra y el objeto cercano más brillante. Gira en torno a la Tierra a una distancia media de 384.400 kilómetros; su diámetro es 3.474,8 kilómetros, o sea, 3.6 veces menos que el diámetro de la Tierra y su masa es del 1,2 por ciento respecto a la terrestre, aproximadamente. La Luna carece de atmósfera pero contiene agua. La temperatura media en su superficie oscila entre los menos ciento cincuenta y tres grados centígrados durante la noche, y los ciento siete durante el día. Tarda veintinueve días terrestres en completar una órbita alrededor de la Tierra; un tiempo similar al que emplea en girar sobre su propio eje, por lo que, desde la Tierra, siempre vemos la misma mitad de la Luna, su cara visible.

—¿Dices que la luna contiene agua? ¿De dónde sacas eso?

Dimitri se quedó callado por un momento. Él mismo no sabía de dónde había obtenido la información.

—Está bien, prosigue. ¿Qué me dices del Sol?

—Es una estrella formada por una bola de gas que tiene un diámetro de mil trescientos noventa y dos millones de kilómetros en su ecuador; es casi trescientas treinta y tres mil veces más grande que la Tierra. El núcleo del Sol, donde existe una fusión nuclear constante, produce cantidades inmensas de energía. La temperatura en el núcleo se calcula que alcanza los quince millones setecientos mil grados centígrados. La energía del núcleo se...

—¿Qué hay más allá del sistema solar? —Interrumpió Weston asombrado. El chico parecía una enciclopedia.

—El sistema estelar más cercano al Sol es Alpha Centauri, brilla en el cielo del hemisferio sur a los veinticinco grados. Alpha Centauri es en realidad, una estrella triple, un racimo de tres estrellas. La más grande de ellas, Alpha Centauri A, es sólo 0,57 veces más brillante que la estrella de este sistema, es una estrella tipo G, y tiene la misma temperatura que el Sol. La estrella mediana, Alpha Centauri B, tiene la mitad de la luminosidad del Sol: y la tercera, Próxima Centauri, llamada así por ser la más cercana a nuestro sistema solar, es una enana roja, más fría y pequeña que el sol, de un color rojo tenue. El sistema Alpha Centauri se encuentra aproximadamente a 4,3 años luz de distancia; es decir, a unos cuarenta billones setecientos mil millones de kilómetros de la Tierra. Existe un planeta que forma parte del sistema de la estrella Alpha Centauri A que es habitable. Su nombre es Gema.

—¿Cómo dices? —preguntó sorprendido Weston.

—¿A qué se refiere? ¿A la distancia? O...

—No, no, me refiero a lo último, eso de que hay un planeta habitable llamado Gema.

—¡Ah!, ¡eso! Aunque ni los astrónomos ni los telescopios espaciales hayan logrado captarlo, existe un planeta similar a la Tierra. Orbita alrededor de la estrella mayor. Tiene el tamaño cercano al nuestro aunque el clima y la composición de la atmósfera son ligeramente diferentes.

—No sé cómo puedes hacer tal afirmación.

Weston empezaba a creer que Dimitri sufría de una clase especial de demencia.

—Es la primera vez que lo digo —repuso Dimitri.

Weston pareció colegir por el gesto de extrañeza del muchacho que él mismo estaba un poco aturdido. Aunque la palabra precisa fuese ausente.

Llegado a este punto, a Weston se le había olvidado el asunto que traía entre manos en un principio. Pero ¿A quién diablos le interesaría saber el misterio del expediente cambiado? Algo mucho más trascendente se presentaba ante sus ojos y era precisamente Dimitri. ¿Quién rayos era aquel muchacho?

—Tengo un telescopio en casa. Me gusta la astronomía y durante muchos años he observado los cielos y no he conseguido algo que se asemeje a un planeta nuevo, mucho menos habitado. ¿De dónde sacas tú eso del planeta Gema?

—Yo sólo lo sé. Si le digo cómo, entonces es posible que piense que estoy loco.

—Yo no pensaré eso. Sólo quiero una respuesta.

—Hay una voz en mi cerebro que me indica ciertas cosas. Algunas veces no me doy cuenta de que escucho la voz, como hace unos momentos cuando explicaba acerca de los sistemas más cercanos al sistema Solar. Es como si la voz hablase a través de mí, y por momentos pienso que soy yo. También estoy un poco asombrado por lo que acabo de decir.

David Weston miró el delgado rostro de Dimitri buscando algún rasgo que indicase que le estaba tomando el pelo, pero solo se encontró con su mirada, que había variado un poco. No lo detectó sino en ese momento. Minutos antes, cuando estaba dando la explicación su mirada parecía vacía. Tenía otro tipo de actitud, no parecía él a pesar de tener la misma cara.

—Hoy ya es muy tarde, Dimitri, pero mañana podremos ir al banco para indagar lo de la cuenta de tus padres —arguyó el comisario.

—Ellos no eran mis padres.

—¿Qué dices? —Preguntó alarmado Weston. La afirmación de Sara parecía ser cierta.

—Ellos no eran mis padres, fui recogido en el bosque por mi padre cuando era un recién nacido. Mi hermano Wilfred me odiaba. Pero eso no quiere decir que yo les hiciera daño. No tenía motivo. El interés de venir aquí es para encontrar a los asesinos de mi familia.

—No te entiendo, por momentos actúas como si la familia que dices que no era tu familia no te importase y ahora me dices que deseas saber quién los mató. ¿Qué lograrías con eso?

—Tiene razón, comisario, es así como me he sentido durante toda mi vida. Mis pensamientos no coinciden con mis sentimientos.

Weston prefirió no referirse a la búsqueda de su padre, a pesar de que tenía la pregunta en la punta de la lengua. No deseaba perder la confianza que parecía estar ganando.

Dimitri sentado en la silla frente al escritorio del comisario Weston, reflejaba confusión, se tomó la cabeza con ambas manos como tratando de ordenar sus ideas sin mucho éxito. Bajó la mirada hacia el piso y se mantuvo así por largo rato. Cuando volvió a mirar a Weston, sus ojos eran el reflejo de su conflicto interior. Al comisario le dio la impresión de que dentro de aquellos ojos había alguien pidiendo auxilio. Impresionado, rodeó el escritorio y se acercó a Dimitri poniendo una mano sobre su hombro. Cayó en la cuenta de que era la primera vez que el muchacho mostraba signos de alguna clase de sensibilidad.

—Hijo, tranquilízate, quiero ayudarte.

Weston estaba conmovido, nunca había leído nada acerca de un problema psiquiátrico semejante, era obvio que no era un caso de doble personalidad porque Dimitri estaba consciente de lo que le sucedía, y esa era su tragedia. Unas lágrimas se descolgaron por las mejillas del muchacho. En aquel momento sus ojos volvían a ser normales, su mirada era dulce y tranquila.

—Gracias, comisario. —Dimitri admitía que necesitaba ayuda. El comisario Weston le inspiraba confianza, más de la que sintió por el doctor James Brown. O la que sentía por Antón.

—¿Te estás quedando con Antón? Te puedo llevar.

—No, estoy durmiendo en mi casa. Tengo una carpa, espero terminar de construir un cuarto pronto.

—Entonces te llevaré a tu casa. —Se ofreció el comisario.

—Gracias.

—Tengo comida preparada en casa, te invito a cenar.

—Yo almorcé en casa de Antón...

—Por favor, ven conmigo a casa, tengo un telescopio que...

—¿Un telescopio? —preguntó Dimitri—. Acepto.

14

Weston sospechó que aquella sería su reacción. El joven le parecía muy extraño, y él deseaba seguir la conversación, presentía que tras aquella mirada se ocultaba algo y deseaba llegar al fondo del asunto. Dimitri, por su parte, experimentaba una sensación de seguridad al lado del comisario; le simpatizaba aquel hombre de mirada bondadosa. No tenía el aspecto de los policías que él conociera; por otro lado parecía inteligente, algo que le agradaba. No era fácil sostener un diálogo interesante con Antón o con su hija, por más bonita que fuese. Y si el comisario tenía un telescopio, debía conocer de astronomía.

—Siéntate, estás en tu casa —invitó Weston.

—Gracias.

Un agradable ambiente daba cuenta de la personalidad de su habitante. El sofá era muy confortable, una sensación de bienestar se apoderó de él.

—¿Quieres una cerveza?

—No acostumbro a beber alcohol. Gracias.

—Está bien, tengo jugo de frutas. Weston se fue a la cocina y regresó con dos vasos de jugo de fresas.

—Me gusta su casa. Me recuerda en algo a la mía.

—Qué bueno que te traiga reminiscencias.

—No siento nostalgia de aquella época.

—Dimitri, ¿sabes algo de psiquiatría?

—Algo, sí. Es una rama de la medicina que se especializa en las enfermedades mentales.

—Entonces sabes qué es el psicoanálisis.

—En pocas palabras: es el análisis de la psiquis, por medio de diferentes métodos, entre los que se incluyen hipnosis y regresión, este último bastante cuestionado, por cierto.

—Soy psiquiatra, además de astrónomo frustrado.

—¿A qué viene todo eso? —preguntó Dimitri.

—Bueno, no sé hasta qué punto tu situación psicológica...

—Usted trata de decirme que es probable que yo no sea normal, y lo comprendo. Yo me hago esa pregunta algunas veces. No sé si es por que pasé mi pubertad en un manicomio o porque en efecto, sea un demente, pero lo cierto es que por momentos no siento mis pensamientos como míos.

—Hay casos en los que la demencia está tan encubierta que es difícil diagnosticarla. No estoy diciendo que ese sea tu caso, pero existe algo peculiar en ti, no logro comprender cómo puedes saber cosas como que existe un planeta llamado Gema. Admites que no lo leíste, de manera que esa sapiencia debe venir de algún lado. O de tu imaginación.

—Créame comisario, yo estaría dispuesto a cualquier tratamiento para dilucidar por qué soy así. Por qué tengo facilidad para las matemáticas, la astrofísica, y las ciencias en general.

—¿Estarías dispuesto a someterte a hipnosis?

—Si con ello logro entender qué me sucede, sí.

—¿Aceptarías que yo te hipnotizara?

—Sí —replicó confiadamente Dimitri.

—Está bien, ponte cómodo, yo lo he hecho antes con bastante éxito —dijo Weston, conmovido por su convicción.

Redujo la luminosidad de la sala dejando sólo una lámpara de pie que reflejaba una débil luz ambarina. Tomó asiento frente al sofá donde se encontraba Dimitri y trató de relajarse.

—Recuéstate, ponte cómodo y cierra los ojos. Piensa en algo tranquilo, un bosque, altos árboles que dan frescura...

Pero Dimitri no pensó en ningún bosque. Entró en sus tinieblas, era el único lugar confiable y tranquilo que conocía. Escuchaba la voz del comisario y al mismo tiempo se encontraba lejos de la habitación.

—Dimitri, cuéntame qué sucedió aquel día en el bosque, cuando tu padre te encontró.

—Todo fue una equivocación... una vez más, todo fue una equivocación. Debo tener más cuidado la próxima vez. El niño no debió ser el de aquella mujer.

—¿No? —preguntó Weston extrañado. La respuesta no concordaba con la pregunta.

—No. El niño debió pertenecer a una familia influyente y en otra época, pero terminó abandonado en el bosque. Por fortuna un hombre lo recogió. Veré qué puedo hacer.

—¿Con quién estoy hablando? —preguntó Weston, siguiendo la corriente a la voz que salía por los labios de Dimitri. No parecía ser la voz de él. Pensó que tal vez el subconsciente de Dimitri adoptaba otra personalidad para resguardar sus acciones.

—Soy el protector de Dimitri.

—¿Dónde te encuentras?

—Me comunico contigo a través de la mente de Dimitri, pero estoy en otra época.

David Weston estaba seguro de que Dimitri había leído lo suficiente de hipnotismo como para actuar de esa manera. El chico era listo. Weston empezó a sentir temor de él, era demasiado inteligente.

—Dime en qué época te encuentras.

—En el año dos mil cincuenta y uno de la era Gemiana.

—¿En el pasado?

—No. Dos mil ochocientos años en el futuro. Me comunico contigo desde el planeta Gema.

La respiración de Weston se hizo cada vez más difícil, sentía la frente húmeda, lo que estaba escuchando era increíble.

—¿Acaso te comunicas por medio de Dimitri atravesando el tiempo? —preguntó, tratando de no resoplar.

—Así es. Traté de rectificar el error cometido con Dimitri, pero a medida que él adquiere más fuerza de voluntad se hace más difícil.

—¿Cuál fue el error? —Weston sentía que la voz no le salía muy clara. No pudo evitar que le saliese una nota falsa—, ¿cuál fue el error? —repitió tratando de dar firmeza a su entonación, pero su voz se había convertido en un hilo.

—Debió nacer en otras circunstancias. Es la tercera vez que me ocurre y debo rectificarlo. Tú podrías ayudar.

—¿Yo?... —En esos momentos Weston no deseaba seguir adelante. Debía despertar a Dimitri.

—Dimitri —dijo con la voz más firme que pudo—. Voy a contar hasta cinco, y cuando lo haga abrirás los ojos y te sentirás despierto y descansado.

—No lo hagas... —prosiguió la voz.

El pánico empezó a cundir en Weston. El temor a lo desconocido se apoderó de él.

—¡Dimitri! ¡Contaré hasta cinco y despertarás!

—No temas... —Proseguía la voz.

—Uno... dos... tres... cuatro... cinco... ¡Abre los ojos, Dimitri!

Dimitri volvió en sí poco a poco, salió de sus tinieblas y preguntó con extrañeza:

—Comisario, ¿por qué grita? Yo le estaba escuchando todo el tiempo. No era necesario que se ofuscara.

—¿Con quién rayos estaba yo hablando? —preguntó Weston tratando de recobrar la compostura.

—Con la voz. Esa es la voz que me acompaña desde que era niño. ¿Recuerda lo que le dije?

Weston miró a Dimitri con atención, tratando de dilucidar si todo no era más que una broma.

—¿Entonces es cierto que escuchas voces?

—No —aclaró Dimitri, *¿por qué siempre pensaban que escuchaba voces?*— comisario, yo escucho *una* voz. Es la misma con la que usted hablaba. Fue la voz que me urgió a que regresara a casa cuando se estaba quemando y yo no obedecí por quedarme jugando con mi pequeño lobo —le relató los acontecimientos de aquella noche— después de eso, ocurrió lo que usted sabe. Dejé de escuchar la voz por un tiempo y regresó cuando ya estaba en el reformatorio.

—¿Nunca hiciste alguna clase de cómputo mental acerca de la frecuencia, lugar, situación, personas, algo que fuera tomado como un denominador común cada vez que la voz se comunicaba contigo?

Dimitri se quedó un rato pensativo, parecía estar haciendo un recuento mental antes de contestar.

—No lo había pensado, pero acabo de concluir que tiene usted razón. Cuando era pequeño, la voz siempre me conminaba a ser el mejor estudiante, me instaba para que leyese, estudiase, y fuera el mejor de mi clase, cada vez que me resistía la voz se alejaba y aquello me hacía sentir muy solo. Pero yo ideé una manera de protegerme de la soledad y los daños externos: hacía lo mismo que hice hace unos momentos: huía al lugar donde nada me podía afectar. A medida que fui creciendo, la voz me hablaba, bueno, hablar es decir demasiado. En realidad siempre me ordenaba, aunque de forma sutil. Muchas veces yo me revelaba, porque no deseaba seguir sus indicaciones. Fue lo que sucedió la noche fatídica. Después, cuando conocí a la doctora Marie Françoise, la voz me indicó que debía congraciarme con ella y con sus alumnos Índigo, pero a pesar del esfuerzo que yo hacía no podía evitar sentir antipatía hacia todos ellos. Ahora me doy cuenta de que tal vez hubiera sido mejor fingir que todo estaba bien. El problema se presentó cuando acabé con los proyectos de la doctora. La voz dejó de comunicarse conmigo por varios meses, y la primera vez que tuve una percepción directa de un deseo de la voz, fue cuando electrocuté a Tiburón.

—¿Mataste a alguien? —preguntó Weston sin imprimir alarma en su voz. En aquel momento estaba actuando como un psiquiatra, de manera que aquello era como una confesión profesional.

—Era un pandillero de la peor calaña. Abusó de mí desde el día que la doctora perdió interés en mis facultades. Deduje que él lo hacía porque ella lo había autorizado. Yo sé que carezco de la fuerza física de otros, y me defendí de la única forma en la que sé. La voz me dijo que la próxima vez que él estuviera conmigo, hiciera como si él se hubiera enchufado a una toma de corriente de alta tensión. Y eso hice. Tiburón cayó muerto y la autopsia reveló un ataque cardíaco. A partir de ahí sentí que la voz tenía cada vez menos influencia en mis decisiones. Por supuesto que me cuesta mucho esfuerzo no seguir sus indicaciones, pero siento que algún día podré liberarme de ella.

—¿Cómo murió la doctora Françoise?

Dimitri lo miró preguntándose qué tanto más sabría aquel comisario psiquiatra. Y cuánto más sería aconsejable contarle.

—Dijeron que murió de un paro cardíaco en su casa.

—Lo que no acierto a comprender son los datos en el expediente que tienen de ti en el reformatorio. En ellos no hay mención de lo que sucedió aquí, ni de tu permanencia en el hospital psiquiátrico.

—Tal vez la doctora cambió los datos para poder liberarme como había prometido.

—No es «tal vez», Dimitri. Tú lo sabías, pues le dijiste al actual director que irías en busca de tu padre que se supone es alcohólico.

Por primera vez Dimitri mostró algo parecido a la sorpresa.

—Es verdad. Pero fueron planes de la doctora Marie Françoise. Ella dijo que cambiando mi expediente sería la única forma de que yo lograse mi libertad.

—Ahora que ya nos entendemos, espero que confíes en mí, porque... —Weston iba a agregar: *A la única persona que le convenía el cambio es a ti, porque eres el principal sospechoso, tanto del cambio de expediente como de su muerte, quizás*—. Dejó las palabras en el aire y retomó el tema del extraño episodio anterior. —Dimitri... ¿Nunca te has preguntado si existe algún motivo fundamental o trascendente para que escuches una voz y seas tan inteligente? Me imagino que algo como eso no escaparía a tu capacidad analítica. Si examinamos las veces que ella se ha alejado de ti, deducimos que sucede cuando tú no sigues sus indicaciones. Reaparece otra vez después de un tiempo como si hubiera estado pensando qué otro camino tomar o la mejor manera de ayudarte, por lo que me has contado. ¿Cuándo fue la última vez que la dejaste de escuchar?

—Cuando... lo de Tiburón —mintió Dimitri. Sabía adónde quería llegar el comisario. Él había dejado de escucharla cuando asesinó a la doctora Marie, pero no se lo iba a decir—. Después de un tiempo, estábamos en perfecta sincronización, tanto así, que logré ganarme la simpatía del nuevo director y creo que usted conoce el resto.

—Hay algo que no entiendo... Me dijiste que la voz te había dicho cómo podrías deshacerte de Tiburón, luego, si tú obedeciste, ¿cómo es que la dejaste de escuchar? Se suponía que el patrón era: Obedeces, te hablo, no lo haces, dejas de escucharme.

—Eso quiere decir que no existe tal patrón, ¿no cree usted? La voz es impredecible.

Weston sentía que estaban jugando al gato y al ratón. Lo que no lograba dilucidar era quién era el gato.

—Cuando estabas hipnotizado, estuve hablando con la voz.

—No estaba hipnotizado. Yo escuchaba la voz y también a usted, lo que hice fue retirarme.

—Como digas. Cuando hablé con la voz —prosiguió Weston, paciente—, me pidió ayuda. ¿Qué quiere decir eso? Tú me das a entender que eres esclavo de la voz, y sin embargo ella pide ayuda.

—Si supiera o entendiera lo que todo esto quiere decir, mi vida sería diferente. No lo sé.

—Dijo que venía del futuro, de Gema. El mismo planeta que tu habías mencionado momentos antes. La humanidad ha soñado con los viajes en el tiempo, pero aquello no ha sido posible, por lo menos con nuestros conocimientos actuales, ni siquiera sabemos cómo obtener la velocidad de la luz, que según Einstein sería la necesaria para viajar por el espacio y el tiempo. La pregunta que me hago es la siguiente: ¿Qué motivos tendría alguien para desear viajar al pasado? Si yo lo hiciera, no sería con la única finalidad de hacer turismo, por otro lado, tu protector dijo que lo habían intentado dos veces con anterioridad y todo había salido mal, y esta vez, o sea, contigo, también había empezado mal, porque tu concepción y lugar de nacimiento estaba equivocado. Eso fue lo que creí entender.

—No es mi protector —aclaró Dimitri.

—Sea quien fuera, ¿No te preguntaste nunca por qué?

—Lo que deseo es que me deje tranquilo. Si está en contacto conmigo por equivocación, no veo por qué tiene que seguir en mi mente.

David Weston había dejado atrás el temor que la revelación le produjera en un comienzo. Se encontraba fascinado, toda su vida había esperado encontrar algo espectacular allá afuera y se presentaba ante él Dimitri con un contacto mental que provenía del futuro. ¿Se estaría volviendo loco? o ¿Quizás el muchacho fuese capaz de haber inventado todo y de esa manera tratar de borrar las faltas que había cometido? La duda empezó a germinar otra vez en su cerebro y le lanzó una mirada de escepticismo.

—¿Está en todo momento contigo?

—Por suerte, no. Ahora no la siento. Respondió con tono cansado Dimitri.

—Creo que ya es muy tarde. Te llevaré a tu casa. ¿No tienes miedo de estar solo?

—Comisario, me he acostumbrado a la soledad. Forma parte de mí, y creo que en buena cuenta me siento acompañado de alguna forma. Desde chico aprendí a alejarme de todo lo que signifique un peligro para mí ocultándome en un lugar tranquilo y oscuro. Ya se lo dije.

—Me gustaría conversar contigo mañana. Creo que por hoy hemos tenido suficiente —dijo Weston.

Subieron al auto y lo dejó en su rudimentaria vivienda.

15

De regreso, el cerebro de Weston funcionaba a toda velocidad. Trataba de encajar todas las piezas como en un rompecabezas. El protector le había pedido ayuda. Una cosa sí era evidente: Dimitri era inteligente, y si el tal protector existía, cabría la posibilidad de que:

Uno: Fuera el causante de esa inteligencia.

Dos: Que la voz lo guiase en los momentos cruciales de su vida.

Tres: Que Dimitri no se dejase guiar por la voz y por eso tuviera momentos de «lucidez» que en el sentido estricto de la palabra serían más bien momentos de oscurantismo.

Cuatro: Que si la voz venía de dos mil ochocientos años en el futuro, había la probabilidad de que tuviese problemas de comunicación, ya que en la mente de Dimitri era evidente que existían lapsos temporales sin su presencia.

Pero si de algo estaba seguro Weston era de que el chico no decía toda la verdad. Al llegar a casa anotó con minuciosidad todos los detalles de lo ocurrido como cuando iniciaba una investigación:

Dimitri dijo que la doctora Françoise se había molestado con él por el asunto de los niños Indigo.

En el reformatorio, Dimitri había sido atacado por Tiburón, quien resultó muerto.

Él incriminaba a la doctora por esos hechos.

La doctora había muerto meses después.

Existía un expediente cambiado.

Esa noche Weston no tuvo problemas para conciliar el sueño. Después echarse en la cama se quedó profundamente dormido víctima de las intensas emociones vividas.

Dimitri sentía que su mundo había sido invadido, pero el alivio que le producía compartir sus secretos apaciguaba aquella sensación de vulnerabilidad. El comisario le parecía un hombre inteligente, pero ¿hasta qué punto estaba dispuesto a ayudarlo? Ahora la voz pedía ayuda. La vida no le había sido nada fácil, desde un comienzo tuvo que aceptar vivir con una familia que no era la suya, y sean los motivos que hubiera tenido su padre adoptivo para recogerlo del bosque, no sabía si estarle agradecido por ello. *Todo fue una equivocación, una vez más, todo fue una equivocación,* era lo que la voz le había dicho a Weston. ¿Por qué decírselo al comisario y no a él que había sido el principal perjudicado? En buena cuenta Dimitri sentía la molestia de haber sido puesto de lado. Empezó a recapacitar en todo lo que había escuchado, analizando las palabras. Si en efecto, la voz pedía ayuda, era porque la necesitaba, pero no de él, era indudable que la ayuda debía venir de otras personas, tal vez más influyentes, o quizás, más inteligentes. Se había enterado con claridad que debió haber nacido de una familia importante, no recogido como un indigente.

Las preguntas daban vueltas en su cerebro, de un momento a otro se había enterado de algo trascendental para él... y quizás para toda la humanidad. ¿Por qué? ¿Qué ayuda necesitaba? ¿Por qué no se quedaban tranquilos en su planeta Gema? Y si se habían equivocado dos veces antes, quería decir esto que pudo haber alguna paradoja, ¿Y en la Tierra en aquel momento estaban viviendo las consecuencias de aquello...? ¿Querrían los Gemianos reparar el error? El cerebro de Dimitri no podía detenerse, situaciones tales como guerras, cataclismos, magnicidios, pasaban por su mente como rápidas diapositivas, ¿Se hubiera hundido el Titanic a causa de todo eso? Pensó en un momento de delirante razonamiento. Al fin, se acostó en el colchón que le servía de cama y procuró calmarse. Y aunque no deseaba entrar en sus tinieblas, la costumbre lo llevó allá.

—Debiste dejar que la doctora Marie Françoise obtuviese la ayuda del gobierno.

—¿Qué? —despertó sobresaltado Dimitri. Era la primera vez que la voz se comunicaba con él de esa manera. Siempre lo hacía dando indicaciones. Nunca razonaba con él.

—Era necesario que te hicieras pasar por un niño Índigo.

Dimitri guardó silencio. Quiso escapar de la voz, no soportaba vivir con ella, pero la voz parecía que esta vez no se iría. Cerró los ojos y procuró huir, pero le fue imposible.

—Tu lugar preferido te lo otorgo yo —escuchó.

—¿Quién eres?

—Tú me llamas "la voz".

—¿Por qué no me hablaste antes así?

—Consideré que no era necesario. Temía confundirte más, pero veo que de todas maneras no hubiéramos avanzado mucho.

—¿Hubiéramos?

—Sí. Tú y yo. Dimitri, desde pequeño te inculqué las ansias de aprender, pero no siempre obedecías.

—¿Con qué derecho tomaste posesión de mi vida? —preguntó indignado Dimitri— dijiste que había sido otro error. ¿A cuántos más hiciste la vida imposible? ¡Te odio! ¡Déjame en paz, no te necesito para vivir!

—Dimitri, cuando entré en tu vida como dices, eras un recién nacido, no podía preguntarte si deseabas que lo hiciera, creciste conmigo pensando que era natural tenerme en tu mente. ¿Acaso hubieras preferido morir en el bosque donde te abandonaron?

—Sí. No deseo vivir de esta manera. ¿Por qué esperaste tanto tiempo para hablarme como lo haces hoy? Claro, tal vez pensaste que no era tan inteligente como para comprenderlo... —sonrió Dimitri—, mi inteligencia proviene de ti. Sin ti yo no sería nadie. ¿No es cierto?

—No es verdad, en este momento estás actuando como un ser racional e inteligente. Creo que fue otra apreciación equivocada.

—Para ser tan inteligente sueles equivocarte muy a menudo.

—Comprende que no sabía cuál sería tu reacción. Vi en David Weston alguien con quien podría entenderme mejor, porque no está directamente involucrado.

—Ya que estamos aclarando la situación, ¿podrías decirme qué rayos deseas de mí? —preguntó Dimitri furioso.

—Estás utilizando demasiados sentimientos para expresarte, yo no los comprendo, carezco de ellos. Cuando utilizas esa clase de expresiones pierdo la noción de lo que sucede. Tranquilízate para que pueda comunicarme sin interferencias.

—Tranquilízate... ¡Qué fácil es para ti decirlo! ¡No puedo! ¡Durante toda mi vida he tratado de entender lo que me pasa y me pides que me tranquilice! —gimió Dimitri.

Supo que la voz había desaparecido. Ya no sentía más su presencia. Tal vez sería mejor calmarse. Esperó un largo rato, pero supo que no la escucharía más. El cansancio le fue invadiendo y se quedó dormido, le despertó el vozarrón de Antón.

—¡Dimitri! Traes mala cara... ¿Te sientes bien?

—Sí, Antón. Buenos días.

—Violet se va hoy.

—¿Sí? —preguntó Dimitri sin mucho interés.

—Sí. Venía para que desayunáramos juntos. Sube a la camioneta. Te asearás en casa, te hace falta un buen baño.

Sin emitir una sola palabra Dimitri subió a la camioneta. No tenía muchos deseos de hablar.

—¿Cómo te fue con el comisario?

—Bien, es decir, creo que bastante bien. Dice que tengo tres vehículos en buen estado y una cuenta de mi padre en el banco.

—¡Muchacho! ¡Esa es una buena noticia! Podrás vender los vehículos, o por lo menos dos de ellos, tal vez sería bueno que te quedases con uno. Un auto siempre es necesario —Antón dejó de hablar y miró a Dimitri— ¿qué sucede contigo? No pareces muy entusiasmado.

—Estoy bien, Antón, no hay problema.

—¿No te habrá creado algún problema Weston, o sí?

—Pues... no, en realidad —contestó Dimitri— el comisario *me comprende* —agregó. Luego se quedó callado.

Antón no volvió a abrir la boca hasta llegar a la casa. Y aún allá, sólo se limitó a indicarle el baño.

—Tienes toallas limpias y puedes cambiarte de ropa si lo deseas, es la que dejaste.

Violet estaba en el gallinero. El alboroto que formaban las gallinas le hacía recordar a sus chicas. Deseaba llevar grabados todos los rincones de aquel lugar, los momentos al lado de su padre y el olor a tierra húmeda que envolvían la cabaña, la tranquilidad del bosque y el canto de los pájaros. Presentía que no regresaría en mucho tiempo. Aunque ya era una mujer adulta, su padre le seguía inspirando respeto. Un sentimiento que se mezclaba con una especie de veneración, el respeto que se siente por alguien superior, aunque sólo se tratase de un hombre inculto viviendo en un pueblo olvidado criando gallinas. A su lado comprendía que su padre nunca entendería el amor que ella tenía por el dinero, mucho menos por su forma de ganárselo. Era preferible mantener la distancia, era el motivo por el cual solo dejó su teléfono celular y una dirección inexistente, a sabiendas de que su padre no la llamaría y mucho menos la buscaría. Partiría después del desayuno. Extraño chico, Dimitri..., pensó. Su padre le había dicho que él sabía que ella llegaría. Por un momento se vio tentada a preguntarle por su futuro... Tal vez fuese un vidente o algo por el estilo... Pero pensándolo bien, era preferible que no lo hiciera. Si de verdad adivinaba cosas, no le convenía que se enterase de la verdad de su vida. Regresó a la cabaña.

Dimitri tenía aún el cabello húmedo cuando se presentó a la mesa. Su escuálida figura parecía más delgada que nunca, pero esa mañana un brillo diferente iluminaba sus ojos siempre inexpresivos. La voz no se había vuelto a presentar desde la noche anterior y ahora sabía lo que tenía que hacer para alejarla de él. La irracionalidad la alejaba.

—Buenos días, Violet —saludó con una sonrisa casi imperceptible.

—Hola, Dimitri, ¿sabías que hoy me voy?

—Así es. Vine a despedirme —contestó Dimitri. Charlar con Violet no se le hacía muy fácil.

—¿Y no te da pena que me vaya? —preguntó ella con su innata coquetería.

—Pues... creo que a Antón le hubiera gustado que te quedases más tiempo.

—Me refiero a ti, tontito.

—Déjalo en paz —intercedió Antón— Dimitri tiene razón. ¿Por qué viniste sólo por un par de días?

—Porque quería saber de ti papá, pero debo trabajar, es necesario que regrese.

—A propósito, no me has dicho dónde queda tu empresa.

—Tienes la dirección de mi casa, y también el teléfono –contestó malhumorada Violet. La sonrisa inicial había desaparecido de su rostro.

—Está bien... está bien, no es importante, al fin y al cabo, no sé si vaya.

—Dimitri, ¿te sientes bien? —preguntó Antón. Este se había quedado con la mirada petrificada, mirando al frente. Parecía no haber escuchado a Antón—. Dimitri... ¿Qué sucede?

Los ojos de Dimitri habían perdido el brillo, en realidad él parecía otra persona. Miró a Violet.

—Tu empresa está situada en el 126 de la calle Baronett. La dirección de tu casa no es la que le diste a tu padre.

—¿Qué dices? Estás loco, Dimitri —respondió Violet atemorizada, no tanto por lo que él dijera sino por su actitud— padre, ¿Qué le sucede?

—No estoy loco, nunca lo estuve, lo del manicomio fue un error... —prosiguió Dimitri.

—Dimitri, ya basta —interrumpió Antón con su vozarrón— en cuanto a ti —dirigiéndose a Violet—, ya está bien. Si vives donde dices que vives y trabajas donde sea que lo hagas, es problema tuyo. Pero esto —sacó el fajo de billetes que ella le había dado— no lo acepto, no lo necesito. Una persona que no desea dejar sus señas es porque oculta algo, y eso solo se hace cuando lo que hace está mal.

—Papá, ¿Cómo puedes creerle a Dimitri? ¡Está loco! ¿No lo ves?

—Yo le creo —contestó Antón.

—Antón... Yo me retiro. Creo que es mejor que hables con tu hija a solas —dijo Dimitri haciendo un esfuerzo. La voz estaba otra vez allí y al parecer deseaba que él se quedara en la mesa, pero estaba decidido a combatirla.

—No. Tú te quedas. La que se va es ella —dijo Antón.

Violet se acercó a Dimitri hasta quedar a la altura de sus ojos y dijo:

—Dimitri, te odio. —Cuando hizo el gesto de apartar la mirada no pudo. Una fuerza superior a ella la obligaba a seguir mirando los ojos sin expresión de Dimitri. Después de casi un minuto, logró alejarse de él—. Papá, creo que todos ustedes están locos, será mejor que siga tu consejo. Me voy. Mi número telefónico es real, por si algún día quieres comunicarte conmigo.

Antón quedó en silencio. Vio que su hija tomaba su pequeña valija y salía de la cabaña. Poco después el suave sonido de un motor se alejaba. Miró a Dimitri, el muchacho parecía en estado de shock, no había movido un músculo de la cara desde sus últimas palabras.

—Dimitri —dijo Antón, tocándole el brazo. Al ver que no reaccionaba, lo sacudió con fuerza, pero él cerró los ojos y perdió el conocimiento.

Antón sintió temor de que el chico hubiese muerto, pero pronto notó que su respiración era normal, aunque muy débil. Parecía sumido en un profundo sueño. Lo primero que hizo fue llamar al comisario; Dimitri había enfatizado en que él lo comprendía. Después de dejarlo echado en el sofá, volvió a ocupar la silla del comedor y mientras observaba al chico, terminó de desayunar. Le disgustaba tirar la comida. Vio el plato de Dimitri, casi no había tocado los huevos con tocino, solo había dado un sorbo al café con leche y un mordisco al pan. Movió la cabeza pensando que Dimitri tal vez estaba demasiado débil. Tal vez era la razón de su desmayo. Viviendo solo en aquellas ruinas, casi a la intemperie, y con el frío que se avecinaba, pensó que sería conveniente que volviera a vivir con él. Total, el cuarto de su hija estaba una vez más vacío. Violet... maldita Violet. Cayó en la cuenta de que no la extrañaba más. Ella era autosuficiente, el que despertaba su preocupación era el desvalido Dimitri. Miró la hora y se alegró de escuchar el auto del comisario afuera. Weston tal vez sabría qué hacer.

16

Dimitri abrió los ojos con la actitud del que despierta de un profundo sueño. Parecía sorprendido de encontrarse en casa del comisario. Éste y Antón, sentados frente al muchacho buscaron sus ojos, habían aprendido que sus constantes cambios de actitud coincidían con su forma de mirar. En esta ocasión los ojos de Dimitri presagiaban que el asunto iba para largo, seguía con la mirada vacía, como si en aquellos momentos él no tuviera voluntad propia. Ambos percibieron exactamente lo mismo cuando Dimitri se incorporó y los miró.

—Dimitri... ¿Ya te sientes mejor? —preguntó Weston.

—Por supuesto, gracias por su preocupación, comisario. Antón, no te inquietes, me siento bien. Puedes dejarme aquí.

—Dimitri... regresa a dormir a casa esta noche, hace demasiado frío y Violet ya se fue.

—¿Violet? —En los ojos de Dimitri se pudo observar un fugaz resplandor— ¡Ah! ¡La hermosa Violet!

Antón miró a Weston extrañado. No parecía ser la actitud habitual de Dimitri.

—Ella regresó a la ciudad —dijo Antón dirigiéndose a Weston en un murmullo. Empezaba a comportarse como si Dimitri no pudiera oírlo a pesar de estar frente a él.

—Eso no es importante. Yo sé cómo comunicarme con ella —dijo Dimitri.

—Antón... creo que es mejor que vayas a casa—
Aconsejó Weston. Presentía que era lo que Dimitri o lo que
estuviese dentro de él, deseaba.

—¿Estará usted bien, comisario? Creo que es mejor
que me quede.

—Le prometo llevarlo a su casa, vaya tranquilo.

—¿Cómo es eso de que te comunicas con ella? —
Antón estaba un poco molesto. Sospechaba que existía algo
que no deseaban decirle.

—Puedo llamarla.

—Ah... yo pensé que...

—Antón, ve tranquilo, déjame con Dimitri. —Los
ojos de Weston hacían extrañas maniobras, mientras le
palmeaba la espalda a Antón—. Es necesario que converse
con el chico, después lo dejaré en tu casa.

—Está bien... nos vemos luego. Adiós Dimitri. —
Antón se levantó y salió agachándose para no rozar el dintel
de la puerta.

—Y bien, Dimitri, ¿qué está sucediendo?

—Soy el protector —Dimitri había asumido una
actitud diferente. Estaba sentado y lo miraba directamente,
con aquella mirada vacía.

Weston presentía que se trataba de eso. Se tranquilizó
pensando que afortunadamente era de día. Para él las cosas
lúgubres e inexplicables se veían más claras bajo luz diurna.

—No temas, no puedo hacerte daño. Realmente no
puedo hacer mucho —dijo la voz.

—¿Por qué ocupas el cerebro de Dimitri?

—Es el único medio de comunicación que tengo. Y
no siempre el más eficiente por las constantes interrupciones
de sus emociones y los campos electromagnéticos.

—Deberías dejar tranquilo a Dimitri. No lograrás nada interfiriendo en su vida.

—Él está de acuerdo en que hable contigo. No hay interferencias.

—No me refiero a eso. Me refiero a...

—Sé a qué te refieres —cortó la voz.

Weston miró el rostro sin expresión de Dimitri. Definitivamente no era él. O ¿Sí? Tal vez todo fuera un caso de doble personalidad, después de todo.

—En esta época todo es diferente. Los he observado a través de los ojos de Dimitri, y pienso que todos están un poco desquiciados.

—Estuviste en un manicomio —reconvino Weston.

—Lo sé. Estás desviando el tema. Pero ustedes a pesar de esa aparente demencia, parecen estar muy satisfechos con su vida. Lo que no saben es que la forma de vida que conocen terminará, de lo contrario, yo no me estaría comunicando contigo.

—Todo termina, esa no es ninguna novedad.

—Es cierto. Pero pudiera durar un poco más, antes de que la vida se haga imposible aquí.

—A todo esto, ¿cuál es tu interés en nosotros? Ayer dijiste que habías cometido dos errores antes. Me pediste ayuda. ¿Qué clase de ayuda? ¿Cómo es Gema? ¿Por qué necesitan ayuda? Aunque pudiera ayudar no sería posible, pues el resultado sería catastrófico, ¿no has oído hablar de las paradojas del tiempo?

—Son muchas preguntas. Escúchame y tal vez puedas entender. En primer lugar, no somos «nosotros». Soy yo. Me ocupo de los Archivos Antiguos del Museo Gemiano. Trabajo en esta área desde hace sesenta y ocho años, según el tiempo terrestre. Nuestro año dura cuatrocientos días, divididos en quince meses de veintiocho días, y nuestro día tiene veintiséis horas. La masa de Gema es igual a la de la tierra, pero gira más lentamente, rota sobre un eje inclinado a veintiún grados. Nuestra atmósfera está compuesta por un 79 por ciento de nitrógeno y 21 por ciento de oxígeno, el resto es argón, vapor de agua y otros gases. Como ves, es un lugar muy parecido a la tierra. Mi edad es la equivalente a un hombre de treinta años en la Tierra. Nosotros alcanzamos un tiempo de vida promedio de ciento noventa años. Fue posible gracias a los cambios genéticos a los que fuimos sometidos desde antes de salir de la Tierra, y perfeccionados a través del tiempo. Aquí la vida es tranquila, somos pocos habitantes en comparación con tu planeta, y no existen las armas. Nosotros carecemos de aquello que ustedes tienen en abundancia: emotividad, emociones o sentimientos, como deseen llamarlo. Hago una aclaración: Ellos carecen de eso. Yo no. Yo soy diferente.

—¿Ah, sí? —preguntó Weston —¿y por qué que eres diferente?

—He aprendido. Soy la única persona aparte de los Altos Regentes, que conoce la existencia de los secretos en los Archivos Antiguos. Y aún así, creo que ellos jamás se han tomado el interés de leerlos. Los Archivos Antiguos están guardados bajo sistemas de seguridad impenetrables. Yo tengo acceso a ellos porque mi trabajo es archivar los sucesos históricos. Por eso conozco mucho de la Tierra. Siempre he tenido más curiosidad y sensibilidad que los otros; por supuesto, nadie está enterado de ello, pues no se permiten ese tipo de emociones. Aquí no se conocen sentimientos como el amor.

—Entonces ¿Cómo se reproducen?

—Nacemos en laboratorios. Estamos genéticamente programados, por eso somos perfectos... al menos eso es lo que los Altos Regentes nos dicen.

—Manipulados, diría yo —interrumpió Weston.

—¿Sabes que también pienso como tú?

—No comprendo cómo puedes ser tan diferente si fuiste creado al igual que todos.

—Tal vez se deba a algún error genético. Aquí no existe vigilancia porque todos se dedican a lo suyo. A nadie se le ocurre mentir o hacer algo indebido, eso ni se piensa. Cierto día logré penetrar en las Bóvedas Secretas donde se guardan los AA, o Archivos Antiguos, y llevo haciéndolo desde hace treinta años sin que nadie sospeche. Tengo acceso a información que nadie en Gema conoce. Sé cómo eran nuestros ancestros terrícolas, desde la época prehistórica, cuando los dinosaurios aún poblaban la Tierra. He estudiado la historia de tu planeta. De nuestro planeta madre —se corrigió la voz.

—¿Qué sucedería si alguno se entera de lo que estás haciendo ahora?

—No lo sé. Nunca ha sucedido algo parecido. Fui programado genéticamente para ser ajeno a la curiosidad, por ese motivo fui asignado a este lugar, así que no creo que lleguen a saberlo jamás. Después de mucho pensarlo, creo que cometieron un error en el envío de mis cualidades genéticas al citoplasma. Algún ARN no contenía la información necesaria para que produjera el efecto deseado.

—¿Cómo te llamas? No puedo llamarte voz, o protector.

—Prefiero que me llames Dimitri, ese nombre me gusta. Nosotros aquí no usamos nombres, yo soy el AA174239.

—Sí, me gusta más Dimitri. Aunque prefiero llamarte AA para evitar confusiones —acordó Weston—, pero no veo en qué te podría ayudar.

—Después de haber visto cómo es tu mundo, me he dado cuenta que nosotros no vivimos en libertad. Somos esclavos de los Altos Regentes, quienes deciden aún antes de nosotros tener vida, cuántos y cómo seremos. Por ese y otros motivos estoy decidido a cambiar las cosas.

—Para serte franco, no entiendo cómo puedes hacerlo, y menos, cómo te puedo ayudar.

—Cambiando la historia.

—Es imposible. Cambiar un fragmento de la historia equivaldría a la eliminación de la raza humana. ¿Te das cuenta de que Gema y los gemianos podrían dejar de existir?

—¿No comprendes que de todos modos la raza humana será eliminada?

—¿Eliminada? ¿Eliminada por quién?

—Por la superpoblación. Llegará un momento en el que no habrá suficiente agua ni comida para todos, entonces, los pueblos empezarán a matarse unos a otros, los océanos quedarán sin peces, las religiones perderán poder porque la gente no creerá más en ellas, los gobiernos no podrán gobernar, solo los más fuertes, capacitados y ricos encontrarán la manera de aislarse, primero en la tierra, luego en estaciones espaciales y después en Marte. Para el año terrestre dos mil seiscientos, Marte será un planeta bastante habitable, pero con problemas, y el hombre buscará la manera de salir de allí en búsqueda de otro planeta con las condiciones iniciales de la tierra.

—Supongamos que esté de acuerdo contigo. ¿Qué habría que hacer?

—Estamos a tiempo para que haya un cambio. Necesito un representante que se dirija al planeta, un personaje en el que la gente crea y que sus decisiones se respeten. Había pensado en John F. Kennedy, pero no fue posible. Lo asesinaron. Cometí dos errores con él y con otro presidente que gobernó antes que él. Sucedió un paralelismo temporal.

–Explícate... mejor —Weston estaba fascinado. No le salían las palabras adecuadas.

—Desarrollé una manera de comunicarme a través del tiempo por medio de ondas supralumínicas. A lo largo de mi vida, gracias a trabajar en este lugar, tengo acceso a todos los conocimientos recopilados. No he dejado de estudiar y por ello debo estar agradecido a los Altos Regentes al haber sido asignado a los AA. Desarrollé la forma de viajar mentalmente en el tiempo superando los obstáculos. De ahí que haya lapsos de tiempo en los que desaparezca de la mente de Dimitri. Creo que también podría hacerlo físicamente utilizando los miniagujeros negros.

—¿Ondas supralumínicas? —preguntó Weston.

—Comunicación mental instantánea. Es lo mismo. De esa manera no tengo tanta interferencia con las ondas magnéticas que rodean los planetas. Los miniagujeros son aberturas temporales que me permiten la conexión. Después de leer la historia de la Tierra, comprendí que los seres humanos tienen especial fascinación por los personajes carismáticos, como ustedes los llaman. Escogí a Kennedy, pero era la primera vez, calculé mal y aparecí en el cerebro de un presidente llamado Abraham Lincoln, cien años terrestres antes. Ocurrieron una serie de coincidencias y paralelismos distorsionados entre ellos debido a este mal cálculo. En fin, todo salió mal.

A Weston no le salían las palabras. ¿Paralelismos distorsionados? El AA numérico estaba más loco que muchos de los que él había tratado.

—AA, supongamos que esta vez puedas hacer lo que hayas venido a hacer, ¿Qué personaje piensas escoger para acometer tu utópica empresa?

—A ti, David Weston.

—No cuentes conmigo. Yo no quiero saber nada de este asunto —dijo Weston terminante.

—Eres respetado, considerado serio, buen policía, investigador y... te gusta mirar las estrellas.

—No tengo interés en participar en esta locura.

—No digo que seas tú. Dimitri podría ser el personaje principal, tú servirías para respaldarlo.

—Estás pidiendo un imposible.

—Aún no sabes qué estoy pidiendo —razonó AA.

—Ni quiero saberlo.

—Eso es lo que admiro en ustedes. La libertad de escoger lo que quieren o no saber. La ignorancia es su prerrogativa.

—¿No puedes venir tú en persona?

—Podría... pero aún no termino de perfeccionar la técnica —dijo AA en tono dudoso.

—¿Por qué no te limitas a disfrutar como espectador de lo que tanto dices que te gusta? Puedes hacerlo. ¿Nunca estuviste con una mujer? —dijo Weston tratando de desviar el tema.

—Mujeres... Sí, con algunas. Pero no sentí nunca nada por ellas, esto es diferente a lo que ustedes conocen. Por otro lado, no son tan necesarias. Ya te dije que para reproducirnos no las necesitamos...

—Estoy hablando de placer.

—¿Placer? Aquí tenemos sexo para no perder nuestras facultades naturales. Tal vez ese sea un placer.

—No sabes lo que te pierdes. ¿Acaso allá no hay mujeres excitantes?

—Por supuesto que sí las hay. Sólo que un poco diferentes. No son como... Violet.

—¿La hija de Antón? Es una hermosa mujer.

—Conozco *todo* sobre ella. Sí, me gusta Violet. Me gusta mucho.

AA lanzó un involuntario suspiro.

—Entonces, ocúpate de lo que te guste y te brinde placer, no de salvar el mundo —dijo Weston un poco más tranquilo. Tal vez Dimitri podría ayudarte.

—Voy a pensarlo. Pero no creas que me he dado por vencido. Ahora debo retirarme. Adiós, David, fue un placer haber hablado contigo.

Dimitri recuperó el brillo natural de su mirada. Su rostro reflejaba una interrogante.

—Comisario, ¿usted cree que la voz esté cuerda?

Weston sonrió, todo aquel asunto le empezaba a causar gracia. No pudo controlar la risa, y empezó a reír abiertamente. Dimitri al principio con timidez, lo siguió con las primeras carcajadas que había soltado en su vida. Ambos reían sin parar, descargando las tensiones acumuladas durante la conversación. Dimitri con su simplicidad había hecho la gran pregunta.

—Dimitri, creo que... —Weston no podía reprimir la risa— creo que vas a tener que hacer algo con la hija de Antón... espero que no te cause molestias.

—¿Con Violet? ¿Yo?

—No, tú no. La voz. El AA numérico o como se llame. Creo que es la única forma de que nos deje tranquilos.

—El AA174239 —aclaró Dimitri.

—Ese mismo —adujo Weston pensando que el protector y Dimitri tenían más en común de lo que éste deseaba admitir.

—Pues... no veo cómo. En primer lugar, Violet dijo que me odiaba.

—¿Ella dijo eso?

—Fue lo último que dijo antes de regresar a la ciudad.

—Entonces no le eres del todo indiferente.

—Creo que no le es indiferente a AA174239. Él me hizo decir que sabía dónde vivía y casi en qué trabajaba. Y Violet no desea que se sepa. Yo quise huir de AA pero él siguió conmigo y le leyó su vida en sus ojos.

—De manera que AA se enamoró de Violet.

—Él dijo que no sabía de sentimientos, eso suena algo extraño, ¿no le parece?

—Dimitri, yo lo único que sé, es que un ser ajeno a este planeta toma posesión de ti cada cierto tiempo, y por medio tuyo se comunica con este mundo. Tal vez tenga el gen necesario para desarrollar sentimientos, como él mismo dice, y debido a ello esté aprendiendo a sentir. Si cometieron un error en su selección genética, pudieron suceder otros errores encadenados al primero. Parece algo traído de los cabellos, pero es posible que así sea.

—¿De manera que usted no cree que sean invenciones mías? —preguntó Dimitri con ansiedad.

—Creo que no. O serías un inventor de historias de ciencia-ficción, lo cual no estaría nada mal.

—No tengo inclinación por la escritura.

—La próxima vez que AA aparezca, trataremos de inducirlo de que vea a Violet.

—Perdóneme comisario, pero a mí en lo personal, ella no me atrae.

—¿No comprendes que no se trata de que a ti te guste? Quizás sea la única manera de hacerle olvidar a AA sus tortuosos planes de cambiar la historia.

—¿Y dónde quedo yo? ¿O acaso se le olvida que formo parte indisociable en el asunto? Me temo que esto cada vez se está volviendo más complicado. Yo lo único que deseo es tener vida propia, no quiero saber más de AA.

—Te comprendo, Dimitri. Yo mismo no sé qué haría en tu lugar... Pero ahora debemos pensar en la humanidad, tal vez si logramos que él enloquezca por Violet consigamos que se olvide de sus planes. O hasta es posible que encuentre la manera de venir él mismo, en persona.

—¿Usted cree eso posible?

—Dímelo tú. Sabes más de física que yo. ¿Es posible que existan los miniagujeros negros? ¿Qué tal si AA consigue introducirse en un miniagujero y logre atravesar la barrera del tiempo?

—A decir verdad, tal vez sea posible. Un miniagujero... Siempre se ha pensado que el tiempo es como curvar una hoja de papel en la cual existe un agujero, al traspasarlo, se llega al otro lado en un segmento diferente de tiempo... Un miniagujero de gusano... es más grande que un microagujero. Tal vez AA no se atreva a hacerlo porque no esté programado para ser pionero, valiente, o lo que sea que se necesite para ello.

—Podemos obligarlo. Podemos engatusarlo con Violet, una vez que no pueda vivir sin ella, será capaz de cualquier cosa. El amor es como una droga... y el sexo, también —terminó diciendo Weston con una extraña sonrisa.

—Estoy dispuesto a cualquier cosa si he de librarme algún día de él. Hasta a involucrarme con Violet. Aunque no veo cómo pueda hacerlo, a ella no parezco gustarle.

—Deja que sea AA quien se encargue de eso, tú actuarás como intermediario. Dimitri, comamos algo, tengo comida preparada congelada. Debes alimentarte, estás muy delgado —reconvino Weston, desviando la conversación. De improviso se dio cuenta que tenía apetito. Había sido demasiado por ese día.

Se dirigió a la cocina y mientras manipulaba los alimentos no pudo dejar de pensar en todo lo ocurrido. Por momentos deseaba que todo fuese producto de un desfase mental de Dimitri, pero sabía, intuía, que no era así. Si todo aquello fuese tal como AA había dicho, cualquier error, asesinato, o acción que hubiese cometido Dimitri, dejaba de ser un acto incriminatorio, puesto que actuó bajo influencias extraterrestres. Weston movió negativamente la cabeza. Aquello no sobreviviría a ningún juicio, tal vez ambos terminasen en un manicomio. Tal vez los tres. AA incluido.

Comieron en silencio y después Weston lo llevó a casa de Antón.

17

Violet tenía los ojos de Dimitri incrustados en el cerebro mientras conducía su descapotable azul. Sintió que el chico había hurgado en sus más íntimos sentimientos, en sus deseos más profundos, en sus secretos mejor guardados... Era como se había sentido durante aquel interminable momento en el que la atrapó con su mirada. Aquello le produjo un miedo nunca antes experimentado, un terror irracional que la hizo reaccionar con odio. *¿Quién diablos era Dimitri?* No se parecía en absoluto a Wilfred, su hermano. Recordaba haberle visto algunas veces de niño y siempre había sido más bien apocado, como si ocupara un lugar indebido. Había llegado a sentir lástima del chiquillo, y se lo había dicho a Wilfred, quien en cambio no parecía tenerle demasiado cariño. Wilfred... el único varón del pueblo que valía la pena. Lástima que estuviese tan enamorado de Sara, aunque aquello no había sido óbice para que algunas veces intercambiaran besos y caricias en el granero.

Se alzó de hombros tratando de cambiar el rumbo de sus pensamientos, pensando que tal vez sólo fuesen ideas suyas, pero le molestaba que su padre tuviese sospechas del tipo de trabajo que ella tenía. Sin embargo, estaba segura de que Dimitri sabía a qué se dedicaba.

Violet ocupaba un lujoso apartamento en un elegante sector de la ciudad, y gracias a Freddy y su agudo instinto comercial su negocio se había convertido en uno que proporcionaba acompañantes a la gente más prominente y adinerada. Hombres y mujeres. Tenía un amplio surtido del cual escoger, todos con magníficos atributos que complacían a los clientes más exigentes.

De ser una linda muchacha de pueblo, Violet pasó a convertirse en una hermosa mujer de elegante y discreta sofisticación. Había aprendido a comportarse, a vestirse, y el acento que trajera consigo desapareció para dar paso a un hablar pausado, sin matices que revelaran su origen. Gustaba presenciar los desfiles de moda, y aunque su intelecto no sobrepasara más allá de los programas de farándula y chismes de los personajes del momento, sabía lo que había que hacer para complacer a un hombre en la cama y era por eso que sus chicas estaban muy bien cotizadas. Su conversación insulsa contrastaba con la astucia que demostraba para convencer a sus clientes de que con tal o cual chica le iría mejor. Igualmente lo hacía con ellas.

Se descalzó al entrar a su piso y le dijo a la mucama que le preparase el baño. Quería quitarse hasta el último vestigio de polvo de Old Village.

—Violet, mi vida, ¿Cómo te fue? —preguntó Freddy entrando al baño donde ella se encontraba sumergida en una tina rebosante de espuma.

—¿Qué haces aquí? Pensé que estabas en la oficina —preguntó Violet sin disimular su molestia. En esos momentos deseaba estar a solas.

—Acabo de llegar. Hoy tenemos una noche tranquila —respondió Freddy sin dar demasiada importancia a su tono agrio— todas las chicas están colocadas. Y recuerda que ahora tenemos otra secretaria.

—Me gusta que el negocio lo llevemos nosotros. Nuestros clientes esperan un trato personal. Y sí, me fue bien, bastante bien. Mi padre está igual que cuando lo dejé.

Y no me arrepiento de haber salido de allí —comentó Violet mientras salía de la tina.

Después de quedarse observándola por un momento Freddy tomó una bata de suave felpa. El cuerpo de Violet era perfecto. Y no tenía cirugías. Todo en ella era natural, incluyendo sus portentosos senos. Ni siquiera se teñía el cabello. Se acercó a ella para terminar de alcanzarle la bata y acariciando su sedoso cuerpo se la llevó a la cama. A Freddy no le importaba que Violet no lo amase mientras se mostrase complaciente con él. Y ella lo hacía con placer. La vida que Violet llevaba estaba llena de intensos placeres sensuales y por encima de todo, dinero. El dinero ejercía una fascinación casi morbosa en ella, sus prioridades eran: Sexo y dinero. Los dos en el primer lugar.

Era aquello lo que había descubierto AA. Y por ende, Dimitri. Pero existía una gran diferencia; mientras el lejano y perfeccionado AA había empezado a sentir una atracción irremediable por Violet y un mundo lleno de sorpresas que jamás hubiera podido imaginar; Dimitri en cambio, no sentía la menor simpatía por ella. Sobre todo le desagradaba su falta de intelecto. No soportaba su conversación, sus modales afectados, el penetrante olor de su perfume, ni nada que tuviera que ver con ella. Por supuesto que sabía a qué se dedicaba y también cual era su pasatiempo favorito. La conocía más de lo que ella misma se conocía, por eso no le gustaba. No comprendía cómo un ser tan evolucionado como AA podía sentir algo diferente por ella que no fuese una curiosidad antropológica. El cerebro de Dimitri no admitía ese comportamiento proviniendo de alguien como AA174239.

18

Sentado en el coche del comisario pensaba en los últimos acontecimientos que tuvieran lugar, y a pesar de todo, por primera vez se sentía casi tranquilo. Sabía que la voz que él escuchó durante toda su vida pertenecía a alguien. Él no era anormal. Se sentía satisfecho de poder llamar a la voz por su nombre: AA. Sonaba más real. Weston lo sacó de sus cavilaciones.

—Hemos llegado. Me tranquiliza dejarte con Antón. Piensa bien en lo que hemos planeado.

—Lo haré —replicó Dimitri. Aunque no estuviera de acuerdo con el plan. Esperaba pasar una noche tranquila sin la interferencia de AA.

—Comisario... ¿No le preocupa lo que AA nos dijo? La tierra corre un grave peligro si seguimos como vamos.

—Por supuesto que me preocupa, pero no creo que un humano reeditado como AA pueda hacer algo para cambiar las cosas.

—Eso me suena a fatalismo —terminó diciendo Dimitri y bajó del auto.

Entró a la cabaña mientras el coche de Weston se perdía en el crepúsculo. Sabía que tendría que enfrentar a las preguntas de Antón.

—Muchacho... siéntate. ¿Quieres un trago? —preguntó Antón. Tenía frente a sí una botella casi vacía de güisqui. Miraba con fijeza el fuego danzante de la chimenea, como si las llamas pudieran darle respuesta a las preguntas que bullían en su cerebro.

—Antón... sabes que yo no tomo.

—¡Ah!... olvidabas que eres don perfecto —comentó Antón con inusitada ironía.

—Antón, no lo soy, y tú lo sabes bien. No debías seguir tomando, podría hacerte daño.

—¿Te refieres a que se pueden atrofiar las pocas neuronas que me quedan? —contestó Antón mirándole a los ojos— un hombre que no toma un trago no me inspira confianza. Tú no me inspiras confianza. Viniste aquí y cambiaste mi vida, yo era más feliz sin saber nada —dijo Antón con una triste inflexión en la voz, poco usual en él—, ¿tienes secretos con Weston? ¿Hay algo que yo no deba saber?

Dimitri prefirió no referirse a las preguntas.

—Antón, tomaré un trago contigo si eso te satisface. —Alargó la mano, extrajo un vaso del anaquel y se sirvió—. A tu salud, y la mía. Tienes razón, creo que me hace falta embriagarme, estoy harto de esta maldita vida que me tocó vivir, estoy harto de todo. Me es igual si después de esto caigo muerto, lo prefiero —apuró el contenido del vaso y lo tomó de una sola vez.

—Dimitri... ten cuidado, no era mi intención... ¡Al demonio con eso! ¡Bebe! ¡Y sírvete otro vaso que tengo más de esta porquería! ¡Al demonio con todo! —exclamó Antón con su acostumbrado vozarrón—. Mi hija es una puta, ¿No es así?

—Antón, yo... no lo sé —contestó Dimitri. La voz le salía con dificultad, sentía la garganta ardiente.

—No me vengas con eso ahora. Tú lo sabes, y lo supiste siempre. —Arrojó la botella vacía contra las llamas provocando una lluvia de destellos.

Dimitri se sobresaltó al sentir el ruido. Luego se quedó mirando hipnotizado la chimenea, le parecía estar observando una galaxia con millones de estrellas. Quiso hablar pero sentía su lengua demasiado gorda y las palabras se arrastraron y se juntaron atropellándose en sus labios. Un agradable devaneo se posesionó de su cerebro, una sensación desconocida que le causaba cierto placer. Se dejó abandonar por ella y giró hacia Antón con torpeza, con lentitud, como si formara parte de un film en cámara lenta.

—Tienes razón, Antón. Perdóname amigo... tu hija es una meretriz...

—¡Una puta! —bramó Antón. ¡No temas decirlo! No adornes las palabras. ¿Por qué no me lo advertiste?

—Lo siento. Pero nada hubiera cambiado —respondió con dificultad Dimitri— por otro lado, ¿Qué importancia tiene? Ella es feliz. Antón, no deseo ocuparme de tu hija, ¡la tierra está en peligro y a ti lo único que te preocupa es Violet! ¡Demonios! —Hizo una pausa como aclarando sus ideas— déjame decirte que lo de la agencia de empleos no es del todo falso... ella de verdad... —No pudo continuar hablando. Su cabeza cayó sobre la mesa sin fuerzas para seguir sosteniéndose sobre el cuello.

—¡No es momento para que te quedes dormido! ¡Dimitri! ¡Dimitri! —vociferó Antón, pero no logró despertarlo—. Maldición... el desgraciado no está acostumbrado a tomar—. Miró con desprecio la cara del muchacho. Parecía un muñeco sin expresión. —La tierra está en peligro— masculló entre dientes, remedando a Dimitri. Se levantó y sacó otra botella del mismo líquido y siguió tomando hasta casi terminar con ella.

David Weston conducía automáticamente, todo lo ocurrido había modificado sus paradigmas, las cosas estaban tomando un rumbo inimaginable y él a pesar de tener tantas preguntas cuando estaba frente a AA o en comunicación con él —sería la palabra adecuada—, pensó, no se le ocurría nada inteligente qué preguntar. ¿Aquellos seres originariamente terrícolas habrían encontrado vida en otro lugar del universo? ¿Sabrían cómo empezó todo? ¿Habrían encontrado solución al problema de la teoría de la unificación? Un sin fin de preguntas se agolpaban en su cerebro, y de pronto, detuvo el auto: ¿Y Dios? Se preguntó si después de dos mil ochocientos años seguirían creyendo en las religiones, o si se hubiesen puesto de acuerdo para creer en un solo creador, si es que pensaban que hubo uno... después del desastre. Debía anotar las preguntas.

En todo caso, las respuestas pudieran estar ahí, a la vuelta de la esquina, y él, era en aquellos momentos el único privilegiado en obtenerlas. Bueno, él y Dimitri, razonó. Aunque a este último lo que más le importaba era desembarazarse de AA. Volvió a poner el auto en marcha y esta vez no paró hasta llegar a su casa. Se extrañó al ver que había una luz encendida, no recordaba haber dejado alguna. La silueta de una figura conocida lo tranquilizó. Era Sara. Cayó en la cuenta que hacía días no pensaba en ella. Intuyó que le esperaba una noche apasionada y aquello lo hizo sentir de maravilla. En realidad, se sentía exultante, la excitación por todo lo acontecido se reflejaba en él de manera similar a la de haber aspirado cocaína o alguna otra droga, sus sentidos estaban afilados, tenía una intensa sensación vigorizante, la misma que se obtiene al saber que con alargar la mano se puede obtener lo que se desea.

Sentados a la mesa de la cocina, David y Sara disfrutaban de un delicioso helado de chocolate, el preferido de ambos. Un premio al olímpico recorrido entre las sábanas y almohadones. Hacía tiempo Weston no disfrutaba tanto hacer el amor. Sara observaba con curiosidad a David, intuía que algo debía haberle sucedido para encontrarse en tal estado de euforia, él, siempre tan tranquilo y parsimonioso, comedido en el hablar y el actuar, para quien observar a través del telescopio era el *súmmun* de lo exótico. Pensó que tal vez se debiera al descubrimiento de algún acontecimiento celeste, que parecía que era lo único que le produciría ese estado. Prefirió esperar a que fuese él quien hablara, si había algo que contar. Pero David Weston no pensaba hacerla partícipe de algo que él consideraba un secreto. Prefería a Sara tal como ella era, después de todo, admitía que seguía siendo un macho chauvinista; en el fondo siempre le invadió el temor de enfrentarse a una mujer más inteligente que él.

—Vi a Violet en el pueblo —dijo Sara—, está muy cambiada, claro que siempre tuvo un aspecto de... mujer fácil.

—¿Por qué lo dices? —preguntó Weston.

—¿La viste? ¿Viste el auto que llevaba? Tuvo el descaro de entrar a la heladería del pueblo y lucirse como cuando vivía aquí.

—No parece simpatizarte mucho —adujo Weston, pensativo.

—Siempre fue una mujer fácil. Una mujer fácil— repitió Sara—. Y quedó en silencio de improviso.

—¿Acaso te hizo algún daño? —Weston empezaba a inquietarse por la actitud de Sara.

—Prefiero no hablar de ella, en realidad... sólo espero que no se quede aquí.

—Ella ya se fue. Old Village está fuera de peligro —repuso sonriendo Weston.

—Estás muy enterado.

—¿Soy el comisario del pueblo, ¿no? —contestó él siempre en tono de chanza.

—David, ¿No crees que deberíamos formalizar? —preguntó Sara, de manera intempestiva.

—¿Formalizar?

—Sí, claro, o en el pueblo empezarán las habladurías.

—Te refieres a...

—Casarnos —se apresuró a aclarar Sara.

El silencio de David fue una contestación. La sonrisa desapareció de su cara y ella se dio cuenta de que para él no era sino una aventura. Sintió vergüenza por su estúpida proposición.

—Sara, yo... No te vayas —dijo, al ver que ella hacía el ademán de marcharse.

—No creo que tenga más que hacer aquí. ¿Acaso vino por aquí Violet y cambiaste de idea respecto a mí?

—Sara... sólo pienso que todo está yendo demasiado rápido. No pienses que te rechazo, quédate, por favor, tú no entiendes... Y no, no conocí a Violet, la vi desde la ventana cuando trajo a Dimitri. Justo ahora no tengo cabeza para pensar en matrimonio...

—¿Será que en el pueblo hay alguna confabulación planetaria? ¿Acaso descubriste extraterrestres con tu telescopio? ¿Tienes tanto que investigar que no te queda tiempo para ocuparte de tu vida personal? —Sara parecía una metralleta descargando municiones sobre el indefenso Weston.

—Pues... si supieras que sí hay un caso que estoy investigando. Es más complicado de lo que pensé en un principio —dijo Weston casi arrastrando las palabras— se trata de Dimitri.

—No me lo digas. ¿Por fin crees que es el culpable del asesinato de su familia?

—Es más complicado que eso. No puedo decirte más, pero créeme que es bastante complejo.

—Vaya, parece que Dimitri tiene la misión de interponerse en mi vida. Déjame adivinar: Él es el cabecilla de una conflagración internacional —se burló Sara.

—Sara, mi amor... espera que pase todo esto y hablaremos en serio de lo que quieras.

—No se trata de lo que yo quiera. Es de lo que nosotros queramos.

—Claro, de lo que nosotros queramos... deseamos...

Weston la atrajo hacía sí estampándole un beso y se la llevó a la cama. Hacía mucho tiempo que no amanecía con una mujer... y era domingo. Antiguos vestigios de varón domesticado vinieron como oleadas a su memoria, mezclándose con la sensación de macho que acababa de tener. Sara se dejó llevar con mansedumbre. Un secreto placer se alojaba en su vientre al sentir la violenta reacción de David. Dejó las rencillas para después y se dejó amar. Estar acostado hasta tarde un domingo con una mujer le traía a Weston la evocación de olor a pan caliente y desayuno en la cama. Tiempos felices, que hasta hacía poco había considerado irrepetibles.

19

Antón abrió los ojos y vio a Dimitri tal como lo había dejado la noche anterior. Seguía con la cabeza recostada sobre la mesa, lo único que había cambiado era que tenía los dos brazos acomodados bajo ella.   Miró el viejo reloj de pared detenido, en medio de su borrachera se había olvidado darle cuerda. Calculó que debían ser las nueve o diez de la mañana del día domingo. Afuera estaba bastante nublado, el frío se coló en la casa al abrir la puerta y Antón la dejó un rato entreabierta para ventilar el lugar. La chimenea hacía tiempo se había apagado. Todo estaba en desorden, los platos arrumados en el lavadero y su preciosa mesa hacía de cama de Dimitri. Fue donde él y lo movió, pensando que si no se despertaba lo llevaría al cuarto de Violet. Pero apenas lo tocó, Dimitri abrió los ojos y le quedó viendo.

—Dimitri... ¿no deseas dormir en la cama?

—No, gracias, Antón... estoy bien. Sólo siento un malestar en la cabeza.

—Tengo aspirinas, las traeré —replicó Antón, yendo hacia el botiquín del baño.

—¿Aspirinas? —preguntó Dimitri de manera ausente.

—Sí, aspirinas, pastillas, píldoras... —aclaró impaciente Antón, mientras se las ponía enfrente con un vaso de agua— ¿te sientes bien?

—Bastante bien, gracias, Antón. —Dimitri tomó una de las píldoras y se la tragó con un poco de agua—. Extraña sensación la de anoche... sentí que todo bailaba en torno a mí, agradable, me dejé llevar... sí, muy agradable —dijo sonriendo Dimitri, mientras se frotaba el cuello dolorido.

—Prepararé el desayuno. Me muero de hambre —dijo Antón, pensando que tal vez había hecho mal en iniciarlo en la bebida.

—Te ayudaré a limpiar.

Dimitri había recuperado la mirada que Antón conocía mejor. Entre los dos asearon la casa y después de un copioso desayuno durante el cual no mencionaron nada de la conversación de la noche anterior, salieron al porche donde el frío decembrino traía ráfagas de viento helado. Antón sacó un cigarrillo y lo encendió a duras penas. Luego se quedó mirando la copa de los pinos donde empezaba a acumularse la nieve. Había caído una pequeña nevada durante la noche.

—Respecto a lo de Violet... —empezó Antón— había algo que me estabas diciendo. ¿Qué hay de su trabajo? Entendí que no era del todo falso que tuviera una agencia de empleos.

—Es verdad. Lo de la agencia es verdad. Ella proporciona chicas y chicos a los que deseen pasarla bien, después de todo, es un negocio más.

—Entonces... ella no lo hace en persona, ¿cierto?

—Bueno, no siempre.

—Ya. Entiendo. Prefiero dejar el tema. A propósito, Dimitri, ¿Cómo puedes saber tanto de ella? ¿Acaso te lo dijo?

—Conversamos un poco cuando me dejó en el pueblo. No deseaba que lo supieras porque sabía que te enfadarías con ella —mintió Dimitri—, el teléfono que te dejó es correcto. Puedes comunicarte con ella cuando quieras.

—¡Ah, Violet, Violet...! —repitió Antón dándose por vencido. Cayó en la cuenta de que su hija había dejado de ser una jovencita para transformarse en una mujer. Ya no tenía ascendencia sobre ella, si es que alguna vez la tuvo—. Está muy cambiada, parece una dama importante, nadie podría decir cuál es su ocupación, ¿Te parece hermosa, Dimitri? Su madre era bonita, pero no como ella.

—Sí, creo que Violet es bonita, por lo menos más que Jessica o su hermana Sara.

—¿Has pensado en la idea de quedarte a vivir conmigo? Puedes dormir en el cuarto de Violet y arreglarlo como te plazca, tu casa tardará mucho en ser reconstruida, y el invierno se nos viene encima.

—La verdad, Antón... no quisiera causarte molestias, yo sé que estás acostumbrado a vivir solo...

—Estaba. Hijo... creo que estaré más tranquilo si estás aquí. De otra manera estaría preocupado. Los inviernos son muy crudos por esta zona.

—¿No temes que incendie la casa? —preguntó Dimitri mirándole a los ojos. Se leía un gesto pícaro en su expresión.

—Por supuesto que no —replicó Antón contundente. No creo en toda esa basura— le agradaba la nueva faceta de Dimitri, y aunque le seguía pareciendo extraño, no le temía; le había tomado cariño.

—Gracias, Antón, siempre te has comportado bien conmigo, acepto gustoso. Pero sólo hasta que logre reconstruir mi casa. Mañana iré a reclamar los vehículos y el dinero de mis padres en el banco. El comisario me dijo que no habría problemas. Deseo que te quedes con una camioneta, la tuya apenas puede tenerse en pie.

—No es necesario. La mía es vieja, pero es muy buena.

—Insisto... por favor —agregó Dimitri al ver la mirada de determinación de Antón.

—Está bien, Dimitri. Gracias. En cuanto al comisario, ¿qué se traen entre manos? Ustedes no quisieron que yo me quedase ayer. Y tú estabas un poco raro. Anoche antes de caer dormido hablaste de que la tierra estaba en peligro o algo así, ¿de qué se trata todo eso?

Después de un largo silencio que Antón no se atrevió a interrumpir, Dimitri se decidió a hablar.

—Antón, ¿sabías que el comisario es psiquiatra? Además de policía, claro.

—No lo sabía, ¿acaso te está viendo en calidad de loquero?

—En cierta forma sí. ¿Recuerdas que te conté acerca de la voz que siempre me acompaña? Él trata de averiguar si proviene de mí o es externa.

—¿Externa? ¿A qué te refieres con externa?

—A eso justamente, porque si fuese yo, entonces tendría doble personalidad, pero si la voz se comunica desde afuera, yo no sería un caso psiquiátrico, sino estaría sometido a una clase de posesión...

—¿Como en "El exorcista"? —interrumpió Antón.

—Algo parecido, pero no tiene que ser por el demonio.

—¿Y encontró algo?

—Lo que te voy a decir tal vez no me lo creas, pero de todos modos lo diré. Creo que mereces estar informado, pero debe permanecer entre nosotros. Sé que está de más decirlo, pero es necesario.

—Habla, por favor —urgió Antón.

—A través de mí se comunica un personaje llamado AA174239. Espera, no me interrumpas. Él habla conmigo, y también a través de mí desde un planeta llamado Gema, en otro sistema solar. Pero eso no es todo; está a dos mil ochocientos años en el futuro. La primera vez que habló con el comisario, hace unos días, él mismo casi entra en estado de shock. Pero ahora ya nos hemos acostumbrado, la voz por fin tiene una identidad y desde ese día conversa conmigo, no sólo se limita a darme órdenes, como antes.

La incredulidad reflejada en el rostro de Antón era patente. Se rascaba la barba con aire pensativo mientras miraba de soslayo a Dimitri. Estaba empezando a reconsiderar el tenerlo en casa.

—Comprendo tus dudas. Sé que es difícil de creer.

—Dimitri... muchacho, ¿no será todo eso una jugarreta de tu imaginación?

—Antón, ¿cómo crees que yo pueda enterarme de algunas cosas como la llegada de tu hija, por ejemplo? También he adquirido otras cualidades, puedo, si lo deseo, leer la mente; él es quien me ha dado la inteligencia que tengo.

—¿Quiere decir que lo de Violet lo supiste siempre?

—Perdona por haberte mantenido en la ignorancia, pero así es.

Antón se dio la vuelta dándole la espalda, arrojó lejos la colilla de cigarrillo, y se acomodó en las barandas de madera del porche mientras sus ojos se perdían en la inmensidad del cielo.

—Sí. Es difícil de creer. ¿Cómo pudo pasar algo así? Y ¿por qué?

—Según dijo AA, no es la primera vez. Parece que sus cálculos fallaron y con esta, es la tercera vez que lo intenta, sin mucho éxito, por cierto, porque yo también soy otra equivocación. Dice que debió llegar a otra persona pero llegó a mí. Y respondiendo a tu segunda pregunta, según nos dijo AA, es porque deseaba cambiar la historia del planeta. A pesar de que si lo hacía, sería probable que él no hubiera llegado a existir.

—Vaya, ¿qué necesidad es esa? Nosotros no estamos tan mal... ¿o sí?

—Aún no, pero según él, la civilización terminará destruyéndose no por efectos de guerras o hecatombes nucleares, sino por la superpoblación. Pronto no alcanzará comida ni agua para nadie. Además de otros males. Aún no nos ha explicado bien todo, porque al parecer existen desconexiones temporales debido a la interferencia electromagnética, pero espero que se comunique con nosotros y podamos comprender mejor.

—Dimitri, no sé qué decir. Si lo que me estás diciendo es cierto, ¿debo aceptar que existen los malditos platillos voladores y todo eso? La verdad, es difícil aceptarlo. ¿Estás seguro que no se trata de alguna enfermedad mental? Si eso fuera así, yo seguiría tratándote de igual manera como lo he venido haciendo...

—Antón, creo que será mejor que me creas. Es la verdad. Puedo probártelo, he aprendido algunas cosas con AA.

—¿Sí? ¿Como cuáles?

—Puedo leer el pensamiento. Eso es fácil para mí, no lo hago siempre por respeto. Piensa en lo que quieras, o mejor aún, ve a la otra habitación y escribe en un papel lo que desees. Yo te diré lo que has escrito.

—¿En serio?

—Sí, anda, ve y escribe.

Antón fue a su dormitorio y buscó un papel, tomó un bolígrafo y se dispuso a escribir. Decidió poner en el papel algo diferente a lo que habían estado conversando, para despistar. *Las gallinas pusieron huevos negros esta mañana, y la vaca dio café con leche.* También escribió una serie de números sin sentido: *34568837000023* Después de dar una última ojeada al papel, se lo guardó en el bolsillo.

—Dilo —dijo Antón.

—«Las gallinas pusieron huevos negros esta mañana, y la vaca dio café con leche». También escribiste una cifra: «34568837000023».

—Antón corroboró la cifra con la del papel.

—Repite la cifra por favor —pidió Antón.

—34568837000023.

—Es cierto. Es exacto. Increíble, ¿cómo lo hiciste?

—Te dije que podía leer la mente. Es fácil.

—Pero también tienes una memoria excelente. Y ¿dices que te lo enseñó el marciano?

—Antón, no es un marciano, es un gemiano.

—Lo que sea. Así que tu famosa voz es un marciano.

—Sí —dijo Dimitri dándose por vencido.

—¿Y qué es lo que quiere de ti? No me digas que te escogió para salvar al planeta.

—No. A mí no. Escogió al comisario Weston.

En el rostro de Antón se dibujó una enorme sonrisa.

—Con que esas tenemos...

—AA cree que él tiene las condiciones y la credibilidad necesarias— prosiguió Dimitri—, en buena cuenta tiene razón, porque si alguien empieza a hurgar en mi pasado, encontrará que estuve en un manicomio y después en un reformatorio. Aunque aún no sé muy bien cuál es el plan.

—Menudo problema *tenemos* entre manos —pensó Antón en voz alta, sin dejar de sonreír, acariciándose la barba.

—Antón, no deseaba involucrarte, es mejor que te mantengas al margen de todo esto...

—Ya no estoy al margen. La supervivencia del planeta puede estar en nuestras manos, ¿acaso no lo comprendes?

Antón estaba reaccionando de manera insospechada. Dimitri jamás imaginó que el tema pudiera interesarle a una persona tan burda y alejada de la civilidad como él.

—Lo único que yo deseo es que AA me deje en paz, deseo ser libre, tú no sabes cómo es vivir toda tu vida unido a algo o alguien que todo el tiempo este involucrándose en lo que hagas o dejes de hacer.

—¿Y qué piensa Weston de todo esto?

—Él piensa que AA está loco. No cree que logre salvar al planeta si es que es el deseo del individuo.

—Por lo visto, ustedes dos están de acuerdo. ¿No se dan cuenta que el tal AA puede leerles la mente? Él sabrá lo que ustedes piensan antes de que lo noten. Y ¿Qué hay de malo en querer salvar a la humanidad? Tal vez tenga razón, tal vez tenga un buen plan... tal vez ustedes son un par de zoquetes. —Terminó diciendo indignado Antón. Se dio media vuelta y entró en la vivienda.

Dimitri estaba impresionado. Al mismo tiempo veía que si el asunto seguía por ese rumbo jamás se desharía de AA. Si él deseaba hacer algo por la Tierra, que viniera y que lo hiciera, de esa forma él quedaría libre. Pero para hacerlo, debía seguir el plan del comisario. Hacer que enloqueciera por Violet, la hija de Antón. Pensó que si Antón supiese los sentimientos de AA por Violet, no estaría tan entusiasmado por salvar al planeta.

20

Dimitri recuperó el dinero depositado por sus padres en el banco. Los vehículos hacían lucir el frente de la cabaña de Antón como una agencia de autos. Weston esperó a que Dimitri entrara en el coche de patrulla para ir a un lugar donde pudieran conversar con más libertad. Se alejaron bajo la mirada recelosa de Antón.

—¿Qué le sucede? —preguntó extrañado Weston.

—Me temo que se tomó muy en serio lo de salvar a la humanidad.

—Así que le contaste —repuso Weston mientras dos finas arrugas se dibujaban en su frente— no parece lo más apropiado.

—Tuve que hacerlo. Anoche tuvimos un intercambio de palabras respecto a Violet. Le dije lo que sabía de ella.

—¿A qué te refieres?

—A su trabajo. Ella se dedica a emplear prostitutas. Él ya lo sospechaba, sólo lo confirmé.

—No le habrás contado todo lo que planeamos, ¿o sí? —preguntó Weston con un dejo de preocupación en la voz.

—No. No lo de AA y Violet.

—Bien —dijo Weston con alivio— tenemos que planearlo. ¿No se ha vuelto a comunicar contigo?

—No. Creo que la borrachera de anoche lo mantuvo alejado —respondió pensativo Dimitri— anoche por primera vez en mi vida tomé hasta perder el sentido.

—Tal vez AA también se embriagó... —dijo sonriendo Weston.

—Es posible.

—Creo que debes comunicarte con Violet. Trata de convencerla de verte para que AA se haga presente.

—No creo que deba... Violet no me agrada.

—No importa si te agrada o no. ¿Quieres que él te deje en paz? Entonces, hazlo. Estoy seguro de que él no dejará pasar la oportunidad de presentarse.

—¿Crees que deba llamarla?

—Creo que es mejor que vayas a verla. Estoy seguro de que AA vencerá cualquier obstáculo y se hará presente.

—Está bien, lo haré aunque no estoy seguro de la reacción de Violet.

—Primero que nada, debes cambiar un poco tu aspecto, te prestaré alguna ropa, pareces un indigente. Necesitas una mejor presencia.

—Dudo que eso la aliente a hacerme caso.

—Recuerda que ese es su negocio. No se trata de que le gustes o no.

—¿Y qué tal si me manda con alguna de sus muchachas?

—Dimitri, confío en tu poder de seducción —adujo Weston con una sonrisa— espero que logres tu cometido, o en todo caso, que AA se haga presente para reforzar tu actitud.

—No lo sé... no siento su presencia, creo que debo tener aún rastros de alcohol en mi cerebro.

—Mejor, eso nos da tiempo para planear bien lo que queremos hacer. Por lo menos sabemos cómo ahuyentarlo temporalmente.

Dimitri se sometió a los precarios consejos acerca de la moda masculina que Weston tenía en mente. El cambio fue bastante beneficioso a la vista de ambos, aunque el físico de Dimitri no ayudase demasiado.

—Espero que recuerdes la dirección —apostilló Weston mientras conducía a las afueras del pueblo.

—Vive en el 126 de la calle Baronett de la ciudad de Candbird.

—Hacia allá iremos.

Luego de doce horas de viaje, durante las cuales Dimitri tomó grandes cantidades de líquido a fin de borrar cualquier vestigio de alcohol en su sangre, con las consabidas paradas en casi todas las estaciones de gasolina para ir al sanitario, Weston detuvo el vehículo frente a un café en las cercanías de la calle Baronett. Instó a Dimitri a que bajase y que se dirigiera a casa de Violet, encontrándose con una fuerte oposición.

—No sé muy bien qué debo decirle. Creo que todo esto es un estúpido plan.

—Confía en mí. Creo que cuando más lo necesites AA hará aparición y te ayudará. Estoy seguro.

—Será mejor que así sea, porque si no funciona, no tenemos un plan B.

—Nuestro plan B es que AA se haga presente en carne y hueso.

—Yo pienso que un plan B es sustituto de un plan A. No la consecución del mismo...

—Es una seguidilla. ¿Comprendes?

—Una seguidilla es una composición métrica que puede constar de cuatro o de siete versos, de los cuales son, en ambos casos, heptasílabos y libres el primero y el tercero, y de cinco sílabas y asonantes los otros dos. Cuando consta de siete, el quinto y el séptimo tienen...

—Basta. Dimitri, no estamos en una competencia de quién tiene la razón. Tú sólo ve allá y has lo que tengas que hacer.

Dimitri le lanzó una extraña mirada y se apeó del carro. A medida que se alejaba en dirección al número 126, sentía que lo único que le daba fuerzas para seguir adelante era la esperanza de desembarazarse de una vez por todas de AA. ¡Salvar a la humanidad! Pensaba que si aquello tenía que ser por medio de la estúpida Violet, algo muy malo debía estar ocurriendo en el universo. Claro que lo de Violet había sido más bien un escape para no involucrarse en una misión imposible de realizar. Se plantó ante el intercomunicador del elegante edificio de ocho pisos. Sabía que debía pulsar el botón del *pent house*. Lo hizo. Una voz femenina que no era la de ella contestó.

—¿Diga?

—Buenas tardes... ¿Se encuentra la señora Violet Monpassant?

—¿Quién la solicita?

—Dígale que es Dimitri.

—¿Dimitri qué?

—Sólo dígale que es Dimitri... Por favor.

—Está bien. Espere un minuto.

Espere un minuto. ¿Por qué la gente hablaba sin sentido? Para todos, un minuto en esas circunstancias podían ser cinco, diez o más minutos. Dimitri estaba harto de las palabras sin significado puntual. Escuchó el zumbido de la gruesa puerta de vidrio de la entrada mientras una voz por el intercomunicador le indicaba que entrase. Miró su reloj: habían transcurrido dos minutos con treinta y nueve segundos. El ascensor tenía la puerta abierta, entró en él y antes de que pulsara PH, se movió hacia arriba. Extrañado por la facilidad con la que lo recibía Violet, Dimitri aún no salía de su asombro cuando se abrió la puerta y se encontró cara a cara con ella.

—Hola, Dimitri.

—Hola, Violet.

Ella se limitó a esperar a que él hablase. No podía ser peor para Dimitri, hubiera preferido una discusión. Por lo menos podría tener algo a qué responder. Carraspeó en un ademán inútil de aclararse la garganta. La presencia de Violet lo intimidaba, siempre había sido así. Y el ambiente. Jamás había pisado un lugar tan elegante. Se sintió fuera de sitio. Cuando iba a abrir la boca para decir que se retiraba, fueron otras las palabras que salieron de su garganta.

—Estás preciosa, Violet.

—Gracias, Dimitri. Pero creo que hiciste un viaje muy largo para decírmelo. Podías haber llamado por teléfono —respondió Violet con aquella coquetería aprendida a lo largo de tantos años de recibir cumplidos similares— siéntate, ponte cómodo —agregó, mientras ella hacía lo propio.

—Tenía deseos de ver tus ojos una vez más —se encontró diciendo Dimitri, que no era otro que AA en esos momentos—. Tomó asiento de manera relajada, mostrando una faceta distinguida que ella no se hubiera imaginado, proviniendo de un muchacho como él.

—Puedes mirarlos, la última vez lo hiciste muy bien —recordó Violet.

—¿No me costará nada?

Violet miró a Dimitri tratando de dilucidar con exactitud a qué se refería. Con él nunca se había sentido segura de estar en lo correcto, ni de decir las palabras adecuadas.

—Dimitri, si estamos hablando en términos mercantilistas, te responderé de la misma forma: la mercancía no se toca, sólo se mira.

—Perdón... no quise ofender. Violet, deseo que sepas que estoy enamorado de ti.

—Tampoco es necesario que vayas a los extremos. ¿Me deseas? Siempre creí que tu postura ante mi padre era hipócrita. Sé cuando un hombre me desea.

—Violet, yo... sí, te deseo, pero más que eso, creo que te amo. Deseo que seas sólo para mí. Quiero que dejes este negocio, quiero que dejes a Freddy, quiero ser el único.

—¿Freddy? ¿Qué sabes tú de Freddy? —preguntó Violet con extrañeza.

—Sé todo sobre ti. Sé lo que te gusta, sé que adoras el dinero. Yo puedo darte lo que quieras.

—¡No me hagas reír! —exclamó Violet lanzando una pequeña carcajada —Dimitri, ¿qué puede ofrecerme alguien como tú, suponiendo que yo aceptase tu propuesta? No sabes lo que dices.

—Puedo darte lo que quieras —insistió AA— ¿te gustan los diamantes? Puedo dártelos. ¿Oro? El que quieras. Pero para mí sería importante saber que me amas tanto como yo a ti.

Violet estaba empezando a considerar los ofrecimientos de Dimitri. Parecía estar muy seguro de lo que decía, ¿Y si fuese cierto?, pensó.

—Está bien —si eres tan rico como dices, demuéstralo. Enséñame tus diamantes, y no es que no me gustes, pero debes saber que una declaración así me toma por sorpresa.

—Muéstrame la mercancía —dijo AA, para sorpresa de Dimitri— y te daré lo que quieras.

Violet se puso de pie y abrió la bata que llevaba puesta, la situación empezaba a divertirle. Lo hizo despacio, de manera estudiada, como estaba acostumbrada, mostrando poco a poco sus encantos, haciendo que la respiración de AA empezara a entrecortarse, mientras Dimitri se negaba a mirar; todo lo que estaba ocurriendo le parecía demasiado sórdido, deseaba más que nunca liberarse del funesto AA. Finalmente, cuando la bata cayó al piso y Violet quedó vestida sólo con un diminuto hilo dental que no ocultaba casi nada, se les acercó tanto que Dimitri perdió el conocimiento. Ella, al ver que el muchacho había quedado exánime, trató de hacerlo reaccionar palmeándole la cara, pero fue inútil, él no abría los ojos. Estaba inconsciente. Violet se puso la bata con rapidez y llamó a la mucama, estaba asustada, temió haber matado a Dimitri.

—Señora, él señor no está muerto, aún respira. Creo que está desmayado. Traeré algo de mostaza picante para hacerlo reaccionar.

—Ve, ve y trae lo que sea, con tal de que despierte —urgió Violet.

Poco tiempo después, Dimitri volvía en sí. Se quedó mirando a Violet con la misma mirada inocente que ella había conocido antes.

—Bien, Dimitri, ya viste mis ojos, mi cara, mi cuerpo, y creo que es mejor que regreses a casa. Terminó. ¿Oíste bien? No quiero diamantes, ni oro, ni nada. Quiero que me dejes tranquila y te vayas.

—Perdón Violet... tú no comprendes, yo debo hacer que... en fin, tienes razón, será mejor que me vaya.

—¿Fue mi padre quien te envió? Ya sabes lo que tienes que decirle —dijo Violet mientras lo despachaba en la puerta del ascensor.

Weston vio a Dimitri caminar cabizbajo hacia el auto. No parecía haberle ido muy bien con el plan. Le hizo un gesto para indicarle que estaba bajo los toldos amarillos, en el café.

—Cuéntame cómo te fue.

—Me echó —dijo Dimitri.

—Cuéntamelo todo con detalle —apremió Weston.

—Al principio me recibió con amabilidad, me pareció extraño, ya que la última vez dijo que me odiaba. Luego, AA se presentó y empezó a actuar por su cuenta. Le ofreció diamantes, oro y riquezas, y encima, le pidió ver la mercancía.

—¡No te lo creo! —exclamó divertido Weston.

—No te rías. No era cosa de juego, AA y Violet se entienden. Eso creo... Bien, ella se quitó la bata y se nos acercó hasta casi rozar su vientre en mi cara. Fue entonces cuando perdí el conocimiento y AA desapareció. Después de volver en mí, Violet estaba bastante contrariada y me dijo que no deseaba nada de mí, ni oro, ni diamantes ni nada. Creo que estaba furiosa, aunque con ella uno nunca sabe, tú entiendes, me pareció que la situación en realidad le causaba gracia. Lo pude captar.

—Si AA le ofreció oro y diamantes es porque él puede obtenerlos. ¿No lo crees? Es necesario que hablemos con él. Dimitri... —recapacitó Weston—, ¿por qué te desmayas tan a menudo?

—No lo sé —declaró Dimitri, fastidiado. Sabía que le haría esa pregunta—. Antes no me sucedía, pero últimamente, me empezó a ocurrir. También he pensado en ello, y creo que tal vez sea por la ambivalencia de sentimientos, la lucha que debo librar para evitar ver, oír o hacer lo que no deseo. Antes no me importaba, pero ahora, no soporto a AA.

—En estos momentos él no está contigo, supongo. Debemos buscar algún lugar donde pasar la noche. Es imperativo que nos comuniquemos con él. —Weston pagó la cuenta y ambos salieron en dirección al auto.

Violet sonreía con malicia al recordar la cara de Dimitri. No entendía los motivos por los que el muchacho seguía causándole simpatía, a pesar de lo ocurrido en casa de su padre. Había algo en él que la atraía de manera irremediable, aunque era consciente de que el chico no era su tipo. ¿Por qué le diría toda esa sarta de mentiras? Se preguntó. *Diamantes... los que tú quieras,* había dicho. Y por un momento ella habría jurado que hablaba en serio. A ratos parecía tan seguro de sí mismo y hasta... atractivo. ¿Qué se traería entre manos? Violet no pensaba en serio que fuese su padre quien lo había enviado. Conocía bien al viejo y sabía que sería incapaz de una acción tan sofisticada. Se acomodó el cabello esponjándolo con los dedos al observarse en el espejo. La bata dejó un hombro al descubierto y mientras ella satisfecha, miraba su figura, la evocación de los momentos antes del desmayo de Dimitri hizo que sintiera la misma excitación que había experimentado al tener el rostro de él casi rozando su cuerpo. *Es extraño*, pensaba Violet, Dimitri le producía una estimulación de sus deseos. Una necesidad urgente de ser poseída por él.

Y sus ojos... su mirada parecía provenir de lo más profundo de su ser e incrustarse en la de ella sin permitirle pensar en nada más que en él.

La mucama la sacó de sus cavilaciones, el senador la esperaba en la sala. Violet dio un suspiro y colocó el hombro de la bata en su lugar. Era un cliente que siempre la quería a ella, y el precio no podía ser mejor. Pensar en el dinero que recibiría la excitó. Para Violet era el mejor afrodisíaco.

21

El cuarto del motel donde pernoctaría Dimitri era igual de sencillo y austero que el de Weston. Un motel a la vera del camino como muchos otros, donde era más común ver entrar a parejas que a viajeros. Sentados en la habitación de Dimitri, Weston esperaba que AA hiciera aparición, estaba impaciente por hablar con él, y en efecto, AA no se hizo esperar demasiado. Había aprendido a reconocerlo, Dimitri se volvía más mundano y su mirada era diferente. Aunque al principio el comisario hubiera jurado que la mirada que provenía de los ojos del muchacho era insensible y vacía cuando estaba AA presente, después empezó a captar detalles que había pasado por alto. Era muy probable que el gemiano empezara a cambiar de actitud, o tal vez, como él mismo había dicho, se estaba «sensibilizando».

—Hola, David —fue el familiar saludo que adoptó AA.

—Hola, AA, es bueno tenerte de regreso.

—Espero que esta vez, Dimitri no pierda el sentido... —comentó AA en un tono que a Weston le pareció irónico.

—AA, ustedes estuvieron con Violet, y tu sabes que a él no le simpatiza. —Weston fue directo al grano.

—Entonces, ¿por qué fue a visitarla? ¿Por qué están ustedes en la ciudad donde ella vive? Creo que me debes una explicación.

—No te debo nada. Tú eres quien tiene que explicarnos por qué interfieres en la vida de Dimitri.

—Creo que sé la respuesta —dijo AA obviando el comentario de Weston— ustedes planean involucrarme con Violet.

—En realidad, así es —contestó Weston, sabiendo que era inútil mentirle— creemos que te gusta Violet y pensamos que te haríamos un favor acercándote a ella.

—No comprendo.

—Aquí es así. Cuando uno desea algo, debe dar algo a cambio. Yo lo que deseo es información, y la mejor manera de obtenerla de ti es proporcionándote lo que más te gusta: Violet. Convencí a Dimitri para venir a la ciudad donde ella vive, porque él me debe algo. Yo le ayudé a recuperar parte de sus bienes —aventuró Weston esperando ser creído.

—En tal caso... te agradezco el detalle. ¿Qué es lo que deseas saber?

—Todo. Quiero saber cómo fue que ustedes lograron llegar a Gema, qué fuerza o energía utilizaron, ¿Encontraron las respuestas a la teoría de la unificación? ¿Existe vida en el universo además de nosotros y ustedes? ¿Lograron acabar con el SIDA, el cáncer, las enfermedades? Quiero saber si aún creen que existe Dios...

—Estimado David, es una larga historia. Trataré de ser lo más breve posible —AA dio un pequeño suspiro que reflejaba algo de impaciencia y continuó—: Para el año 2.500 de la era terrestre, ya había estaciones permanentes en la Luna. También en Marte, aunque los mejores lugares eran las superestaciones espaciales construidas por empresas privadas, porque podían actuar con mayor libertad y facilitar de esa manera la investigación extraterrestre y extraestelar. En esos lugares se llevaron a cabo intensas investigaciones para el prolongamiento de la vida humana, ya que en la Tierra las legislaciones impedían experimentos genéticos. Para entonces existía una gran necesidad de buscar algún lugar dónde trasladar la raza humana, debido a que el planeta estaba superpoblado y escaseaban tanto el agua, como los alimentos, había serios problemas para controlar la paz, y el caos entre los políticos, civiles y religiosos era inmenso. Nadie respetaba nada, las religiones perdieron credibilidad y fueron exterminadas en su gran mayoría, los dirigentes políticos estaban cada vez más distantes del pueblo, y para el año 2600 aproximadamente, continentes completos se convirtieron en países unificados, creándose una polarización bestial entre federaciones que ostentaban gran poder, y otras, sumidas en abyecta miseria. La población de las federaciones ricas también tenía graves problemas, porque el mundo se había reducido, demasiados habitantes reclamando para sí derechos imposibles de administrar, hacían difícil la vida en el planeta. Por otro lado, grandes corporaciones se adueñaron de la vida de la gente guardando para su beneficio secretos científicos que pudieran haber dado la cura a las terribles enfermedades que asolaban el planeta. ¿SIDA, me dijiste? Creo haber leído algo de eso, fue un asunto superado, pero otras enfermedades ocuparon su lugar, peores que aquélla, como el SBMA, o el Síndrome de la Bío Manipulación Alimentaria, sin mencionar aquellas sin nombres específicos que azotaban a grandes masas de población que no tenían acceso a ningún tipo de cura, ya que las más eficaces investigaciones científicas se llevaban a cabo en los países poderosos a los cuales las federaciones inferiores repudiaban. También sucedió lo de las ratas... su superpoblación superó a la humana, y la SBMA las hizo fuertes y resistentes.

—Me estás describiendo un mundo de terror... —se atrevió a interrumpir Weston.

—Peor que eso. El principal problema lo representaron las religiones que se oponían al control de la natalidad. Sí, las religiones han sido las grandes enemigas de la ciencia. En el siglo XXV las confederaciones de poder decretaron su eliminación. Pero el problema se convirtió en una especie de Guerra Santa. Atentados, asesinatos, secuestros de mandatarios estaban a la orden del día, y todo amparado por los gobiernos confederados. Como te dije en un comienzo, el caos y la guerra religiosa y económica estaban acabando con la Tierra; ese fue el principal motivo por el que sin grandes aspavientos las confederaciones ricas empezaron a construir estaciones espaciales donde pudieran llevar a cabo experimentos para el mejoramiento de la raza humana sin las interferencias y los peligros que hubiera significado hacerlo en la Tierra. Crearon seres genéticamente perfeccionados, previendo los largos viajes espaciales en busca de un nuevo hogar similar a la Tierra, al mismo tiempo que iban perfeccionando la fuerza energética que sería necesaria para llevar a cabo dicha empresa. Para entonces, Marte estaba colonizado, pero sin resultados muy alentadores, solo lograron construir ciudades artificiales, cubiertas con cúpulas para preservar el oxígeno necesario para la vida, pero no funcionó. Se abandonaron las ciudades y parte de esos habitantes se destinaron a la búsqueda de otros planetas. En la actualidad es una estación espacial abandonada. Marte ya fue antes como la Tierra, y está en proceso de extinción.

»Finalmente —prosiguió AA—, se empezaron a desarrollar tecnologías más sofisticadas buscando una solución a la velocidad de los viajes interestelares, creando motores de fusión ram-jet, los cuales trabajaron durante mucho tiempo consumiendo el hidrógeno que se encuentra libre en el espacio profundo. El avance en los años 2.500 al 2.890 fue gigantesco. Por medio de aceleradores de partículas se logró el manejo de la antimateria. Las colisiones de materia y antimateria producían una forma más eficiente de conseguir energía. Pudieron concentrar grandes volúmenes de la antimateria que se encuentra esparcida en cantidades reducidas en el espacio y fue así como los pioneros terrestres lograron encontrar esta joya de planeta. Respecto a tu pregunta de si aún creemos que Dios existe, la respuesta sigue siendo la misma: no lo sabemos. Para nosotros el universo con todo su contenido forma parte de otros universos, en un constante cambio, muerte y nacimiento, no hay principio ni final, eso que en tu época llaman el Big Bang, el nacimiento, o como la iglesia católica de tu mundo calificó como «la prueba del momento de la creación» es una fábula, el universo al cual pertenecen los billones de galaxias está en constante expansión hasta llegar a un punto donde todo se funde en un único núcleo, es decir, somos como un átomo que finalmente hace implosión y empieza todo otra vez. Un recipiente de agua hirviendo lleno de burbujas, y para nosotros, seres microscópicos, ante la inmensidad de los universos metidos en burbujas, el tiempo es una eternidad... —AA hizo una pausa—, logramos conseguir velocidades cercanas a la velocidad de la luz, fue así como hallamos este maravilloso planeta, su nombre, Gema, es debido a que aquí existen grandes cantidades de formaciones geológicas cuyos componentes dan como resultado que tengamos montañas de piedras preciosas, como las llamarían ustedes. Para nosotros el uso del diamante o del oro, es algo cotidiano. Utilizamos un material sintetizado a partir del diamante como material de construcción por su gran resistencia. Da una apariencia inmejorable a los acabados, nuestras ciudades refulgen como si fuesen «joyas». A nosotros, en realidad nos encantaría encontrar una veta de piedra pómez, mucho más interesante en su composición porque nos sugiere con más precisión el inicio de la vida en el planeta. Por otro lado, recuerda que seguimos siendo humanos, aunque supermodificados; aún así, no hemos perdido algunas de nuestras capacidades endogenésicas, que aquí la gran mayoría no puede apreciar debido a la selección a la que hemos sido sometidos con arbitrariedad. Yo puedo decir que soy un accidente genético, lo cual me hace muy diferente del ser para el que fui programado. Se supone que debo carecer de curiosidad, y ese fue el motivo por el cual estoy a cargo de los AA o Archivos Antiguos. Un ser genéticamente programado para este tipo de trabajo, debía no interesarse por lo que estuviese guardado aquí, de esa manera nunca se sabría lo ocurrido en la génesis del hombre. Por lo menos, por la persona no indicada. Pero por fortuna para mí, *ellos* cometieron una grave equivocación ya que además de tener las cualidades de una súper raza, tengo las cualidades y defectos de los humanos primitivos. Perdón si la palabra te ofende, pero no encuentro otra para referirme a los de tu época.

—AA, ¿quiénes son *ellos*? —preguntó Weston— ¿Son los Altos Regentes?

Un silencio precedió a la pregunta. Se notaba que el ente no deseaba hablar de ello, o que le costaba hacerlo.

—*Ellos* son los que deciden todo en Gema. Son más importantes que los Altos Regentes.

—¿Quieres decir que son el gobierno? ¿Algo así como dirigentes políticos?

—Si lo comparamos con la historia de la Tierra, serían como el poder supremo.

—Increíble. ¿Y todos están de acuerdo con ese sistema?

—Fuimos programados para estarlo. Yo era un tipo conforme y feliz hasta que me adentré en los Archivos Secretos, tuve acceso a información vedada para otros, por eso estoy consciente de lo que sucede. El resto acata lo que *ellos* deciden. Se supone que son los seres más inteligentes y saben lo que hacen. Todo el mundo está conforme y vive bien, no hay guerras, ni pobreza, todo está bajo el control de *ellos*. No tienen un nombre específico, sólo sabemos que existen, y para todos eso es suficiente, como te dije, hemos sido programados para cumplir con nuestra parte, y aceptar que *ellos* cumplan la suya.

—Lo del accidente genético... ¿cómo fue que te enteraste?

—Además de corroborarlo con el tiempo, hubo un científico que sentía predilección por mí; fue mi profesor en la Casa del Saber, que es como se llaman aquí a las universidades. Por supuesto que nadie se enteró del asunto porque no se admiten esos sentimientos entre alumno y maestro. *Ellos* dicen que puede resultar en perjuicio de los demás estudiantes. Bueno, aquel buen hombre fue el que me dio una chispa de sabiduría. Él estaba convencido de que yo era diferente y un día, en medio de una conversación me dio a entender que en mi programación genética hubo un error.

Y ahora que lo pienso, creo que también en la de él, porque de lo contrario me hubiera sacado de circulación. Él trabajó un buen tiempo en los laboratorios de manipulación genética, así que sabía de lo que hablaba. Murió hace cincuenta años. Poco tiempo después de que yo empezara a trabajar en los Archivos Secretos gracias a su recomendación.

—O sea que el hombre sabía lo que podría suceder...

—Sí. Creo que lo hizo con toda la intención.

—Tengo una pregunta que me viene quemando la boca... no sé si la puedas responder, espero que sí. ¿Cómo puedes comunicarte con nosotros? Es decir, ¿Son ustedes capaces de efectuar los viajes en el tiempo?

—¿Has oído hablar de los agujeros de gusano?

—Por supuesto. Aunque hasta ahora no se ha podido lograr una utilización de ellos, sólo es una teoría.

—Entonces sabes que un agujero de gusano es un túnel que conecta dos regiones diferentes del espacio-tiempo. Para lograr obtener un agujero de gusano se necesita una cantidad de energía que solo la puede proporcionar la materia exótica, como llamarían ustedes a una densidad de energía negativa y una presión negativa mayor, mayor en magnitud que la densidad de la energía. Esta fuente de energía hierve en el espacio vacío en violentas fluctuaciones, es donde se forman los miniagujeros de gusano, lo que yo he logrado hacer es ubicar los millones de agujeros de gusanos que existen y en una compleja operación matemática donde se incluyen ingredientes como el tiempo, espacio, masa y energía adecuados, logré trasladarme mentalmente a las coordenadas previamente calculadas. Por desgracia mis cálculos resultaron erróneos con Dimitri y otros, porque no tomé en cuenta las modificaciones del calendario gregoriano vigente en tu época, y cualquier error, por millonésima de segundo que sea, trasladado a cantidades estelares significa errores de cientos de años en el tiempo y miles de kilómetros en el espacio.

—Ese fue tu error con Dimitri...

—Sí, pero ya está superado. Corregí los datos en mi cerebro artificial.

—¿Cerebro artificial? –inquirió Weston.

—Sí. Lo que ustedes llaman ordenador. Nosotros tenemos unas máquinas llamadas AB, o cerebros artificiales, que se encargan de desarrollar los planteamientos matemáticos y resolverlos, por supuesto, siempre y cuando en su memoria tengan los datos adecuados. Llevamos una extensión remota de ella en nuestra muñeca como una pulsera, y estamos proporcionándoles constante información aún de manera inconsciente. Una vez que nuestra AB se nutre, es capaz de resolver problemas, ecuaciones, o preguntas de cualquier tipo. Por supuesto, todo depende de quién le efectúe la pregunta. Aquí todos se limitan a ocuparse de lo suyo, exceptuándome, por lo que mi AB está lleno de todo tipo de información, incluyendo todo lo que he estudiado en los Archivos Antiguos.

—Si es tan fácil viajar en el tiempo, me imagino que en Gema lo hacen muy a menudo —razonó Weston.

—No lo creas. Es posible que el grupo de científicos de la más alta jerarquía esté preparado para hacerlo, pero recuerda que se requiere de un ingrediente: el deseo de hacerlo. Y si no están programados para sentir el deseo de ser viajeros espaciales, pioneros, o viajeros en el tiempo, las probabilidades de que los gemianos viajen en masa en el tiempo son remotas. Aquí, en los sótanos de los Archivos Antiguos yo he logrado desarrollar... bueno, yo y mi cerebro artificial —aclaró AA, como si su cerebro artificial pudiera guardar algún resentimiento si no lo nombrase—, hemos logrado desarrollar un aparato muy sencillo. La edificación está pegada de un monte de diamante en estado bruto, por lo que no ocasiona reflejo, construí una salida y por medio de un rayo captador de energía del espacio vacío he logrado acumular gran cantidad de materia exótica. Algo así como un acumulador de energía, o batería, artilugio que ustedes usan en sus vehículos. Para comunicarme con Dimitri no tengo mayores problemas, recuerda que mi cerebro está muy desarrollado, de manera que lo hago por medio de ondas supralumínicas que no son otra cosa que comunicación instantánea, una vez situadas las coordenadas en el aparato que te he descrito, lo único que debo hacer es colocarme conectores a la altura de los lóbulos temporales y *¡voilá!* Estoy con ustedes. El problema con este método es que necesito un receptor inicial y no puedo cambiarlo. Por ese motivo sigo en el cerebro de Dimitri, aunque últimamente he notado algunas interferencias con sus células cerebrales, como si toda su cabeza estuviera perdiendo equilibrio o facultades de claridad de pensamiento.

—¡Ah! Ya veo... —se limitó a comentar Weston. Sabía que la borrachera de Dimitri había ocasionado la larga interferencia— de manera que no te es posible venir en persona...

—¿Quién lo dijo? —respondió con rapidez AA— falta muy poco para que logre terminar de construir una esfera superconductora del tamaño adecuado, y gracias a la gran cantidad de materia exótica que he logrado acumular, puedo conseguir que el agujero dimensional sea lo suficientemente grande como para poder dejarla pasar conmigo dentro, si así lo desease.

—¿No correría peligro tu vida? Digo... por el asunto ese de la gran cantidad de energía que debes utilizar...

—Tal vez, pero si lo hago sería sólo un viaje de ida, sin regreso. Los agujeros dimensionales se cierran rápidamente, y si me tardo más tiempo de lo calculado corro el riesgo de desaparecer. Si intentara regresar, necesitaría alguna persona de este lado, y no la tengo, mi cerebro artificial no lo puede hacer todo, aunque tengo un asistente, un robot multiuso al que le he enseñado a manipular con éxito algunos mecanismos, pero es incapaz de tomar decisiones de riesgo.

—Tú estabas ofreciéndole a Violet oro, diamantes... ¿piensas venir en algún momento?

—¡Violet! ¡Ah...Violet! —suspiró AA— ¡qué prototipo de mujer! En toda Gema no podría encontrar una igual... Su presencia me produce extrañas sensaciones, pero son placenteras a pesar de lo desgarrador que puede ser no tener acceso a ella... Sí. Le ofrecí lo que a ella más le gusta, riqueza. No puedo explicar la necesidad que me urge de complacerla. Es tan extraño.

—Eso que sientes se llama amor.

—Creí que conocía el amor, pero veo que ustedes están mucho más avanzados en eso. ¡Deseaba tanto tocarla, acariciar su piel! Y todo se quedó oscuro y perdí el contacto. Dimitri no colabora.

—El pobre tiene una lucha interna entre lo que tú deseas y lo que él odia. La batalla que se lleva a cabo en su cerebro es tremenda, temo que si esto continúa así, él puede perder la razón, entonces jamás podrías tener a Violet.

—Debía estarme agradecido por hacerlo tan inteligente. Sin mí no sería nadie.

—Y es probable que no habría ido a parar a un manicomio —aventuró Weston.

—Fue un tiempo muy corto, una fracción en su vida...

—Aquí no vivimos tanto como ustedes. Deja de ser tan egoísta, AA.

—Lo único que deseo es ver una vez más a Violet y poder estar con ella.

—Recuerda que aquí acostumbramos retribuir, ¿qué puedes dar a cambio?

—Prometo dejar libre a Dimitri —dijo de improviso AA.

—¿Lo juras?

—¿Qué? —preguntó sorprendido AA.

—No sé cómo lo llaman allá, pero aquí, significa cumplir la palabra.

—Y yo no sé vivir sin cumplir con la palabra dada. Sí, lo juro. Lo siento, ahora debo retirarme —interrumpió AA.

Dimitri recuperó su personalidad habitual. Tenía el presentimiento de que dentro de poco tiempo sería libre y aquello en lugar de causarle euforia le producía temor.

—Comisario, ¿Cree usted que si AA sale de mi cerebro, yo siga siendo tan inteligente?

—¿Por qué lo preguntas?

—Él forma parte de mí. Nunca he vivido sin su influencia.

—Pienso que si AA sale de tu cerebro seguirás siendo tan inteligente como eres, lo que has aprendido no se te puede olvidar, recuerda que en los momentos como ahora, en los que él no está en ti, tú puedes hacer proezas tales como leer el pensamiento.

—Es cierto, lo puedo hacer...

—¿Ves? No tienes de qué preocuparte. Creo que nuestro plan está surtiendo efecto. Lo único que debes hacer es procurar no pensar en él, por si acaso AA regrese en cualquier momento. Ya sabemos que el alcohol le hace perder el contacto, debes tener una pequeña botella contigo.

—Lo que me faltaría... convertirme en alcohólico. ¿Usted cree que el alcoholismo sea una especie de evasión? Me refiero a que la gente que bebe en exceso, ¿lo hace para escapar de alguna posesión semejante a la mía?

—El alcoholismo es una enfermedad, antes que nada —razonó Weston. Pero empezaba a dudarlo.

—No quiero convertirme en alcohólico.

—Es por motivos de seguridad —se apresuró a aclarar Weston. Y no vas a estar en estado de ebriedad permanente, sólo en los momentos precisos.

—También lo alejan la irracionalidad, la ira y los sentimientos profundos.

—Entonces, o loco o ebrio —dijo Weston tratando de parecer divertido.

—AA dijo que estaba trabajando en una esfera superconductora, sólo hace falta que desee venir. Creo que puedo hacer que lo haga —Dimitri hablaba para sí mismo pasando por alto el comentario de Weston— debo encontrar la forma de volver a ver a Violet, y esta vez no me desmayaré, no lucharé, me dejaré llevar por los deseos de AA. Sólo espero que ella desee recibirme.

—Según él, a ella le gusta la riqueza. Si tocas ese punto tal vez la convenzas de recibirte.

—El problema es que yo no soy el que posee diamantes como ladrillos...

—Pero tienes lo que recuperaste de tus padres. No podemos quedarnos eternamente aquí, debemos actuar rápido. Recuerda que dejé la jefatura en manos de mi ayudante.

—Sí... sí... lo sé, pero no es tan fácil, Creo que por hoy hemos hecho suficiente, trataré de relajarme y mañana iré a buscarla. No siento a AA cerca, debe tener asuntos que atender en su mundo, así que no tomaré nada —concluyó Dimitri.

22

A media mañana Weston se instaló en el café cercano a la casa de Violet, mientras Dimitri hacía la consabida visita. Éste no estaba muy seguro de ser bien recibido, ni siquiera de ser atendido, por lo que cuando la mucama preguntó por el intercomunicador quién buscaba a la señora, a Dimitri no se le ocurrió otra cosa que decir:

—David Weston, el comisario de Old Village—. Momentos después se abrió la puerta. Dimitri penetró en el edificio y fue directo hacia los ascensores.

Una vez más, al abrirse la puerta del ascensor, arriba, se encontró a Violet delante de él. Parecía que el tiempo no hubiese transcurrido, el mismo gesto interrogativo en la cara de ella, y el mismo sentimiento de no saber él cómo comportarse. Pero esta vez, Violet no sólo estaba sorprendida. Estaba indignada.

—Te dije que no quería verte por aquí —fue su corto saludo.

—Perdóname, Violet, pero era necesario que hablase contigo.

—¿De qué? Nosotros no tenemos nada de qué hablar, menos después del susto que me diste ayer.

—En primer lugar, no fue tu padre el que me envió. Vine porque quise —Dimitri no sabía qué más alegatos usar para hacer tiempo a que AA se presentara. ¿Dónde demonios se habría metido? Ahora que lo necesitaba no hacía acto de presencia. Y no había probado una gota de alcohol.

—¿Y en segundo? —preguntó Violet causando en Dimitri sorpresa por una coherencia pocas veces demostrada.

—Deseaba volver a verte —dijo él, en un tono de voz que a ella le pareció diferente— Violet, eres una de las mujeres más hermosas que he conocido. —Dimitri se hizo a un lado y cedió el paso a AA.

Violet escudriñó detenidamente su rostro. Deseaba comprobar si no se estaba burlando de ella. En un gesto inesperado él se le acercó, mirándola con fijeza. Era una mirada que traspasaba, que hipnotizaba, que hacía que Violet perdiera las ganas de oponerse a sus deseos. Tanto así, que la obligó a sentarse sin decir una palabra, tomó su mano llevándosela a los labios, como tantas veces había visto hacer en las películas antiquísimas que había visto en los Archivos Antiguos. Fue más allá de eso. Puso una rodilla en el piso y galantemente le declaró su amor.

—Violet, querida mía, soy capaz de darte todas las riquezas del universo, los tesoros más lejanos, deseo cumplir tus deseos ocultos, deseo hacer de ti la mujer más amada... si tan sólo recibiera la respuesta que mi corazón ansía... — Dimitri estaba pasmado. ¿De dónde habría sacado AA tanta cursilería? Se preguntó—. Mi Violet, la más hermosa y deseada de todas las mujeres, hazme el hombre más feliz y dime que me amas como yo a ti... —prosiguió AA.

Ante el estupor de Dimitri, Violet, en un estado de total fascinación contestó a la tempestuosa declaración de AA con un apasionado beso. AA había provocado en ella una excitación de tal magnitud que en plena sala y sin importarle que la mucama pudiera hacerse presente, se abrió la bata y deseó ser poseída por AA, o para ella, Dimitri.

Violet abrazaba satisfecha el delgado cuerpo de Dimitri. Sabía que había sido su primera vez y ello le otorgaba cierto sentido de propiedad sobre él. Sin embargo tuvo la extraña sensación de que el chico tenía bastante experiencia, a pesar de ser virgen.

—Te colmaré de riquezas, mi amada Violet... —decía AA, mientras ella lo miraba tratando de entender sus sentimientos. No comprendía qué estaba sucediendo, ni por qué sentía la predisposición de creerle, pero era así. En aquellos momentos, Violet creía que Dimitri era capaz de cumplir todo lo que decía, por irracional que le hubiese parecido momentos antes.

—Lo sé... lo sé... te amo, Dimitri, pequeño, ¿Qué tienes tú para que yo me sienta así al lado tuyo?

—Muchos diamantes... —respondió AA. Aunque supo de inmediato que no era la respuesta apropiada —y todo el amor que pueda ser capaz de sentir... — agregó.

La voz de Freddy irrumpió desde el vestíbulo, entraba como siempre llamando a Violet.

—Violet, querida, ya llegué... —las palabras quedaron congeladas en sus labios cuando vio la escena protagonizada por Dimitri cubierto por el cuerpo desnudo de Violet.

Por un momento creyó haber interrumpido algún trabajo. Era la parte que le molestaba de ella, no necesitaba hacerlo pero lo hacía. Y él debía aceptarlo, de lo contrario podría perderla. Pero había algo en la actitud de ella que hizo sonar una alarma en su cerebro. Vio con cuidado al mocoso que la acompañaba y supo que algo no iba bien. Se dio vuelta y se dispuso a salir. Los ojos de Dimitri se clavaron en su nuca y Freddy se vio obligado a volverse. Le dio rabia contemplar a Violet sobre el chico, mostrando su desnudez y la intensa satisfacción que la embargaba justo en esos momentos. Miró al muchacho y sintió que algo oscuro traspasaba su pecho. Huyó hacia el elevador, apenas pudo apretar el botón de la planta baja; sus manos temblaban tanto que le era difícil insertar la llave en el encendido del coche. Arrancó y salió a toda velocidad, tenía necesidad de alejarse de aquel lugar al tiempo que maldecía su suerte. De tantas mujeres, tenía que enamorarse de ella.

No vio un camión que venía en dirección opuesta. El choque fue aparatoso, y lo último que Freddy vio fueron los ojos de Dimitri incrustados en los suyos.

Poco después, AA se vio forzado a despedirse de Violet acuciado por la premura de Dimitri, que estaba a punto de colapsar una vez más. Todo lo acontecido no había logrado sino aumentar la animosidad que le tenía, deseaba perderla de vista, y librarse de AA, del detective Weston y de todo lo que significara hacer algo obligado, por momentos deseaba regresar al manicomio, su mente racional le indicaba que era el lugar más apropiado para él.

—Violet, querida, te amo, pero es necesario que aclares todo con Freddy —dijo AA mientras sentía que Dimitri se vestía con premura.

—¿Qué?

—Sí, habla con él y dile lo que sientes por mí. Debo irme, es necesario.

Dimitri acabó de anudarse el cordón de los zapatos y corrió hacia el ascensor. Dejándola con la palabra en la boca.

Hizo un esfuerzo sobrehumano y se metió en el ascensor, mientras sentía la voz de AA martillándole el cerebro —No, Dimitri, no te vayas ahora, ¡Dimitri!, ¡vuelve!

¡No puedes hacerme esto! Y Violet quedaba de pie frente al ascensor tratando de ponerse la bata.

—¡Te odio, Dimitri, ¿lo oyes? Te odio!

El grito se sintió mientras el ascensor bajaba. AA desapareció.

Con la cabeza estaba a punto de estallarle, y un sabor amargo en su boca, la saliva empezó a acumulársele y pronto una sensación de náuseas le invadió. Caminó a trompicones y logró llegar hasta el café donde esperaba Weston, quien al verlo tan desencajado, con presteza le ayudó a sentarse.

—Dimitri, ¿Qué sucede? Te ves muy mal.

—*Estoy muy mal* —recalcó—, no aguanto más esta situación, AA hizo lo que quería, ya es tiempo de que me deje en paz.

—De modo que... ¿hiciste el amor con Violet? —preguntó Weston con inevitable curiosidad.

—AA hizo el amor con Violet —corrigió Dimitri.

—Sí, claro... esperemos que cumpla su palabra —toma algo, luces espantoso.

—No tomaré alcohol. Necesito que AA se manifieste, vamos al hotel, esto debe decidirse hoy.

A Weston le quemaba los labios una pregunta que no se atrevía a hacer. ¿Qué tan increíble era Violet? Caminó al lado de Dimitri pensando que le hubiera gustado estar en su lugar.

—Lo único que puedo decirte es que AA quedó satisfecho —repuso Dimitri, como si supiera lo que él estaba pensando.

—Entonces creo que sí querrá venir en persona. Ojalá que AA tenga una apariencia aceptable...

—¿Te refieres a que tal vez no parezca un ser humano como nosotros? Sería lo peor que pudiera suceder.

—¿Nunca pudiste «verlo»?

—Nunca tuve curiosidad por saber cómo era —contestó Dimitri—. Temo que a Freddy le haya ocurrido algo malo—, advirtió.

—¿Freddy?

—El marido de Violet. Llegó justo cuando ella y yo, es decir, AA, estaban en el peor momento.

—En el mejor momento, querrás decir.

—Bueno, llegó, y AA lo obligó a contemplar la escena. El hombre salió como un loco, estoy seguro de que algo malo le debe haber pasado. Esto no puede continuar.

—Cálmate, Dimitri, tal vez sólo sea una idea tuya. Ese hombre debe estar acostumbrado a ver cosas peores.

Weston corroboraba una vez más que algo extraño sucedía en esa especie de asociación forzada. Era como si Dimitri hubiera adoptado la personalidad que debiera tener AA. Falto de curiosidad para ciertos asuntos, lógica aplastante en los momentos más inesperados, insensibilidad, e inteligencia. Y por otro lado, parecía luchar en contra de la posesión que ejercía AA sobre él. Era como si mirase el mundo por momentos a través de los ojos de otra persona. Y entonces, en ese caso ¿A quién se podrían achacar las muertes? Tiburón, la doctora del reformatorio; porque Weston estaba seguro que Dimitri había tenido algo que ver en ello. Y la muerte de su familia... Y ahora Freddy. Un escalofrío le recorrió la columna. ¿Quién o qué era Dimitri? Sacudió la cabeza tratando de desechar esas ideas, prefería creer que AA existía y que pronto se haría presente. Pero la idea de encontrarse con un psicópata del futuro tampoco era muy alentadora.

23

AA no se hizo esperar demasiado, pero esta vez se presentó como si estuviera pasando por un momento de premura. Por lo menos eso le pareció a Weston.

—Comisario, Dimitri, no tengo mucho tiempo para hablar con ustedes, parece que alguien está sospechando algo. Un grupo de inspectores que muy rara vez viene a los Archivos Antiguos está investigando y eso nunca había ocurrido —AA se mostraba agitado— debemos apurarnos, yo lo tengo todo dispuesto, sé lo que debo llevar conmigo. Prepárense para mañana a las veintitrés horas terrestres en las coordenadas que les voy a indicar.

Dimitri se apresuró a anotar en una hoja de papel el lugar que indicaba AA y se dio cuenta de que era en el bosque, por lógica deducción supuso que debía ser el mismo lugar donde había sido encontrado por su padre, sólo esperaba que lograsen dar con el sitio, *con milimétrica precisión*.

—¿Qué sucede? ¿Hay posibilidades de que corras peligro con esos inspectores? —inquirió Weston contagiado por el nerviosismo de AA. ¿Encontraron el lugar donde tienes tu esfera?

—No. Creo que ni se lo imaginan. Pero debo ser cuidadoso y no despertar sospechas... sólo que ahora me cuesta mucho permanecer ecuánime. No se preocupen, cuando lleguen al lugar trataré de estar con Dimitri hasta llevarlos al sitio preciso. No debe haber fallas esta vez, o de lo contrario podemos perecer ambos.

—¿Estás seguro de que está lista?

—Me arriesgaré. Si mis cálculos son correctos, y estoy seguro de que lo son, pronto nos veremos las caras, Weston.

El largo camino de regreso al pueblo lo hicieron en medio de un pesado silencio. Dimitri no sabía si sentirse aliviado por liberarse de una vez y para siempre de AA. Había esperado con ansiedad ese día, pero ahora que faltaba poco se daba cuenta que había sido siempre un deseo, algo quimérico, como cuando la gente acostumbra decir: «Quisiera ser millonario» o «Me gustaría volar como un pájaro», deseos que se da por entendido, nunca serán cumplidos. Y ahí estaba él, en camino de convertirse en hombre libre. Por primera vez en su vida lo sería. Pero, *¿es que alguien era libre? Por supuesto que no.* Se respondió a sí mismo. Todos estaban encadenados a todos. Libre era tan solo una palabra inventada por alguien con mucha imaginación. Tendría sí, la *sensación* de ser libre, para pensar, actuar, y desear lo que quisiera, pero hasta ahí. Era esa pequeña libertad la que él ansiaba, la de no tener interferencia mental alguna, ni escuchar una voz que le dijera lo que tenía o no tenía que hacer. ¿Cómo sería Gema? Se preguntó. Por momentos los deseos de vivir allí, en un lugar donde cada cual tenía su función, donde no había necesidad de mentir porque todo estaba resuelto, le hacía sentir envidia e incomprensión por AA ¿Por qué deseaba salir de ese paraíso? Un mundo donde todos eran inteligentes, donde la ciencia, con seguridad ocupaba un lugar prominente, porque para que AA, un individuo que trabajaba en los Archivos Antiguos tuviese la suficiente capacidad intelectual y científica para encontrar la manera de comunicarse con él, y, además, construir una esfera superconductora como había dicho, lo más seguro fuese que todos los gemianos pudiesen catalogarse como de inteligentes superdotados. Extraño AA —pensaba Dimitri—, teniendo todo eso, prefería venir a la tierra, porque los encantos de Violet lo habían embrujado.

David Weston conducía por la interminable autopista como si estuviera en piloto automático. Las últimas semanas habían sido demasiado intensas, demasiado extrañas, demasiado... raras. Sonrió ante la idea que se asomaba por su mente. Había escogido aquel pueblo porque le habían dicho que era un lugar tranquilo. En buena cuenta había sido así, hasta que apareció Dimitri. Aunque ya antes de que él se apareciera, sospechaba que algún hecho insólito había ocurrido en el lugar. No había querido remover viejas heridas porque no le parecía conveniente, pero ahora que hacía memoria, todos habían visto su llegada como una interferencia en sus asuntos, en lugar de verlo como un representante necesario de la ley y el orden. Hasta Sara, la mujer que últimamente se había mostrado un poco exigente y demasiado celosa para su gusto, en un principio sólo lo miraba con aquella pose de esfinge que adoptaba cuando las preguntas iban más allá de los límites para ella aconsejables. ¿Quién era Sara en realidad? No lo sabía. Así como tampoco sabía quién era él mismo. ¡Al diablo! Pensó. Era el momento menos indicado para empezar a hacerse preguntas existenciales. Iba camino a la gloria. Iba camino de conocer a un ser venido del futuro, ni más ni menos. Sin embargo, lo sentía tan cercano como se podía sentir a alguien demasiado parecido a un habitante nacido en Old Village.

Weston giró el rostro hacia Dimitri y lo vio tan sereno como siempre. El chico parecía ser más gemiano que el propio AA. Una idea que le había estado rondando en la cabeza hacía unos días se fue posesionando de él hasta casi convertirse en una certeza, y era que Dimitri no pertenecía a la tierra. Parecía que fuese de otro mundo. Una vez liberado de AA, ¿Cuál sería su siguiente paso? ¿Encontrar a los asesinos de su familia?, y pensándolo bien, ¿quién demonios habría cometido tal crimen? El cerebro de David Weston empezó a divagar y, acostumbrado como estaba a sacar conclusiones empezó a hacer una lista de posibles sospechosos, incluyendo a los que era poco probable que lo fuesen, para ir descartándolos a medida que eliminaba los motivos que pudieran haber tenido. De esta manera el camino se le hacía menos aburrido. Dimitri, el principal sospechoso, ¿Por qué lo hubiera hecho? Si AA cometió un error al llegar a su cerebro, matando a su familia no lograría subsanar el error. A no ser de que el plan hubiera sido que Dimitri fuese a un manicomio. No parecía ser muy buen plan, a menos que como dijo en algún momento AA, era necesario que Dimitri se hiciera pasar por un niño Indigo, quién sabe para qué. Eso se lo preguntaría al propio AA, no debía olvidarlo.

Luego, estaba Antón. Aunque para aquella época él no estuviera en el pueblo por hallarse en una larga excursión de cacería, según había dicho, no tenía motivos para matar a los Galunov. Por lo menos, ninguno que él conociera. ¿O sí? Tal vez en venganza por algo que le hubiera hecho Wilfred a Violet. Tal vez por ese motivo era tan bondadoso con Dimitri...

Sara... Weston había evitado pensar demasiado en aquella posibilidad cada vez que se le había cruzado la idea por la mente. Pero ella había sido novia de Wilfred. Y

Wilfred le había sido infiel ni más ni menos que con Violet. ¿Hasta dónde podía llegar una mujer enamorada y engañada? Él había visto mucho de eso. Pero no podía creer que Sara fuese capaz de cometer semejante crimen y culpar al pequeño Dimitri. Todo el pueblo sabía de su relación con Wilfred, y al parecer, se suponía que ellos llegarían a casarse. Si en algún momento Wilfred cambió de idea, eso sólo lo supo Sara.

Por último, estaba Violet, aunque para aquella época ya no vivía en *Old Village*, bien podría haber mandado cometer el crimen. El tal Freddy no parecía tener demasiados escrúpulos dada la ocupación de proxeneta que tenía. Y en cuanto a Violet, era muy parecida a Freddy. O sea, pudo haberlo hecho, pero ¿los motivos? No parecía ser una tesis demasiado consistente. La cabeza le daba vueltas a Weston. Lo que había empezado como un ejercicio, había terminado como un verdadero plan de investigación. Se dio cuenta que no tomó demasiado en serio a Dimitri cuando le dijo que deseaba esclarecer el crimen de su familia. Y aquello había pasado al último lugar en sus intereses después de conocer a AA.

Necesitaba tomar un trago. Volvió a mirar a Dimitri, pero éste se hallaba dormido.

David Weston dejó que su imaginación siguiera divagando y recordó el asesinato de Tiburón... y la doctora aquella, ¿Marie Françoise? Sí, ese había sido el nombre que le dio Dimitri. ¿Habría muerto de un infarto como dijo él? Y si él lo hubiera hecho ¿A quiénes deberían adjudicarse esas muertes? ¿Al gemiano? ¿A Dimitri? En todo caso, las leyes no estaban preparadas para ello, a no ser de que se declarase demente al muchacho, lo cual no era cierto. Sacudió la cabeza como tratando de recomponer las piezas, pero sólo obtuvo un incipiente dolor en las sienes. Se volvió otra vez a mirar a Dimitri, y este seguía dormido, o al menos, lo parecía.

De pronto una idea le cruzó como un latigazo. ¿Y si todo era invento de Dimitri? Un demente no tendría una razón precisa para hacer algo tan elaborado como aquello. Un demente inteligente. Que los había. Pero ¿Cómo explicarse el que Dimitri tuviese el poder de la precognición? ¿Y la de leer el pensamiento? Él había dado muestras suficientes de tener poderes extrasensoriales, aunque tenerlos no significase que su mente estuviese en posesión de un ser del futuro.

24

Cerca de las tres de la madrugada lo dejó en casa de Antón. Necesitaba ir a dormir, en unas horas debía estar con todos sus sentidos más alertas que nunca. Se tiró en la cama sin quitarse la ropa, y casi de inmediato quedó dormido.

Dimitri entró con cuidado para no despertar a Antón, y fue directo al cuarto de Violet, que era donde él dormía. En su fuero interno sabía que pronto sucedería algo importante, y la ansiedad empezó a apoderarse de él, impidiéndole conciliar el sueño. Había dormitado parte del camino y no se sentía cansado, estaba por el contrario deseoso de que llegase el momento de conocer a AA en persona. Tenía que dejar todo en orden... ¿Qué estaba diciendo? Se vio pensando en la remota posibilidad de irse de ahí. Era una intensa sensación de desapego la que se alojaba en su mente, como si todo lo que hasta ese momento había formado parte de su vida no tuviera más importancia. Trató de vencer sus aprensiones y de dormir un poco, aunque no faltaba mucho para el alba. No deseaba ir a sus tinieblas, ya no le parecía un lugar acogedor y agradable, algo estaba cambiando en él. Lo presentía.

Antón se supo que Dimitri estaba en la casa porque el cuarto de Violet tenía la puerta entreabierta, trató de hacer el menor ruido posible para no despertarlo, ya habría tiempo de hablar con él. Fue al gallinero a recolectar los huevos y ordeñar la vaca, luego se dispuso a desayunar. Cerca del mediodía, Dimitri apareció en la sala. Sentía el cuerpo engarrotado, nunca había dormido tanto, bajó las escaleras desperezándose y se quedó con las manos en alto cuando vio a Antón al pie de la escalera. Era obvio que esperaba enterarse de todo lo que había sucedido.

—Hola Antón —saludó Dimitri bajando los brazos con pereza— creo que es la primera vez que duermo tan bien.

—¿Y qué pasó? –preguntó Antón con ansiedad.

—Antón, esta noche, a las veintitrés horas AA se presentará aquí.

—¿Aquí?

—Bueno, no aquí. Tengo las coordenadas anotadas, y creo que debe ser el lugar exacto donde me encontró mi padre, en el bosque.

—¿Y qué va a suceder? ¿Se quedará el marciano con nosotros? O...

—No es un marciano. Y no sé si se quedará.

—Explícame algo. ¿Adónde fueron ustedes? ¿Hay algún lugar específico para comunicarse con el sujeto?

—Es un poco largo de contar, Antón. No creo que te interese —repuso Dimitri evasivo.

—Me interesa, y tengo todo el tiempo del mundo —respondió Antón con terquedad.

—Prométeme que no te enfadarás conmigo.

—No me enfadaré contigo si me prometes que me llevarás al bosque esta noche. Debo ver al individuo, quiero saber cómo es que hará aparición, me interesa conocer su nave.

—No creo que venga en una nave —sonrió Dimitri. Está bien. Puedes venir con nosotros esta noche.

—¿Cómo fue que llegaron a ponerse de acuerdo para que viniera?

Dimitri miró un buen rato a Antón tratando de encontrar las palabras más apropiadas para empezar. Debía enterarse, de todos modos lo haría al llegar AA.

—¿Qué dirías si te digo que tu hija Violet tuvo mucho que ver en eso?

—¿Violet? —la cara de Antón mostraba un asombro sin límite.

—Sí. AA se enamoró de ella a través de mí. Debió ser cuando ella vino a visitarte. —Dimitri esperó a que Antón dijera algo, pero éste se había quedado petrificado—. El comisario y yo, al darnos cuenta de la situación, dedujimos que la mejor manera para que AA se hiciera presente, era que él se sintiera tan atraído por ella como para que se olvidara de salvar a la humanidad a través de mí o del comisario Weston, y lo hiciera él, en persona. Entonces fuimos a verla y logramos el cometido.

—Explícate bien, ¿cómo es eso de que lograron el cometido? —inquirió Antón encrespado.

—No pienses mal, Antón. Yo fui a casa de Violet y ella me recibió con amabilidad, parece que se le había pasado la rabieta de la última vez. Bueno, tuvimos relaciones. Ese era el plan. Es decir, AA tuvo relaciones, yo sólo le presté mi cuerpo, pero parece que quedó prendado de tu hija. Decidió venir esta noche.

El codo de Antón resbaló de la mesa y su cara dio tal respingo que le hizo cerrar la boca. Su rostro empezó a tomar un tinte rosáceo hasta convertirse en un tono rojo que a Dimitri se le antojó peligroso. Dio un tremendo golpe con su descomunal puño sobre su preciada mesa mientras parecía que empezaban a salir chispas por sus ojos.

—¿Me dices que tú y el maldito marciano se acostaron con mi hija y pretendes que me quede tan tranquilo? —bramó, resoplando cada palabra.

—Antón, yo nunca estuve de acuerdo, pero era necesario. La primera vez me desmayé antes de que sucediera nada.

—¡Eres un maldito bastardo! ¡Tú y ese comisario son unos malparidos! —prosiguió gritando Antón poniéndose de pie.

Dimitri hizo lo propio, por suerte la robusta mesa le servía de escudo.

—Es verdad, soy un bastardo puesto que no sé quiénes son mis padres. Me dijiste que no te enfadarías... ¿No sabes cumplir las promesas?

—¡Ya deja de razonar y no me hables de promesas maldito farsante! ¡Yo confié en ti y resultaste peor que los mequetrefes de este maldito pueblo!

—¡Antón, comprende, es por el bien de la humanidad! ¿Recuerdas? Tú mismo me dijiste que había que salvar al planeta, ¿Dónde está ese deseo tuyo que hace unos días me hizo pensar que eras más inteligente que todos nosotros?

—¡Desgraciado! ¡Salvar a la humanidad acostándote con mi hija! ¡Y tuviste que llevar al maldito marciano para que te ayude! —Antón había dado un par de zancadas rodeando la mesa y tomó a Dimitri por el cuello.

—Antón... escúchame. A mí tu hija no me agrada... ¿comprendes? No fui yo. Fue él, si no me... —Dimitri no podía seguir hablando. La mano le estaba presionando demasiado fuerte y le impedía respirar. Cerró los ojos y huyó.

Antón soltó el cuello de Dimitri, observando el rostro del muchacho. Parecía tan indefenso... Acercó su rostro para ver si respiraba. Tuvo temor de haberlo matado, empezó a cachetearlo con ligeros golpes para que reaccionase, con muy buen efecto, porque Dimitri abrió poco a poco los ojos.

—Antón, no me mates, justo hoy no, por favor. Pronto me liberaré de AA. Perdóname por haber usado a Violet, pero no había otro camino.

—Está bien... —contestó Antón haciendo un gesto con la mano. La furia había desaparecido de su rostro— total, qué más da: uno, dos, diez. Esa desgraciada debe estar acostumbrada.

—No lo hice yo. Y no fuimos dos. En ese momento era sólo AA. —Dimitri estaba alterado. La voz le temblaba. Hacía unos instantes temía no poder llegar a la noche.

Antón se había quedado callado. Le parecía estúpido todo lo que estaba sucediendo. Y más estúpido hubiera sido haber matado a Dimitri.

—Ya no deseo hablar más de eso. Pero quiero acompañarte esta noche al bosque. Deseo conocer a ese hijo de perra.

—Él no tiene madre. Es producto de un avance genético, fue concebido en un laboratorio.

—¡Me sabe a mierda...! ¡Deja ya de hablarme como si fueses un maldito señor Spock!

—Por favor, te suplico que no vayas a interferir, será un momento muy delicado, mi vida puede estar en peligro. No sé cuál será el efecto al tenerlo frente a mí.

—No te preocupes, esperaré a que el hijo de... probeta viva entre nosotros. Me importa un comino si su misión es salvar el mundo. El marciano es un degenerado. —Terminó diciendo Antón, dando por concluido el asunto. Le dio la espalda, salió al porche y encendió un cigarrillo.

Dimitri se le acercó y se puso a su lado.

—La verdad, Antón, la razón principal fue liberarme de AA. La única manera de hacerlo era atrayéndolo y descubrimos que Violet podría ser un motivo muy poderoso.

Antón giró el rostro hacia él y entornó los ojos. El delgado rostro de Dimitri se veía demacrado. Se quedó en silencio y volvió a observar las copas de los árboles. Apreciaba a ese muchacho que tenía una apariencia indefensa. Sintió que de veras había aprendido a estimarlo.

25

—¿Alguna novedad? —preguntó Weston entrando a la Jefatura esa mañana.

—Ninguna. ¿Cómo le fue, jefe?

—Bien, bien... Haré un informe y luego te contaré —respondió distraídamente Weston.

—Me olvidaba, jefe. Lo llamó tres veces su novia.

—¿Quién? —preguntó Weston tomado por sorpresa.

—Sara. Su novia, según me dijo. Y creo que a estas alturas, todo el pueblo lo sabe.

David Weston guardó silencio. Le desagradaba que Sara se hubiese tomado atribuciones que no le correspondían. El teléfono repicó haciéndolo sobresaltar. Tomó el auricular. Era ella.

—¿David?, mi amor... ¿Dónde estuviste?

—Fui a la ciudad a solucionar unos asuntos.

—¿Con Dimitri? Te vieron salir del pueblo con él.

—Sí. Un problema de Dimitri —convino Weston.

—Pasaré esta noche por tu casa.

—No. Quiero decir... mejor mañana, debo elaborar un informe esta noche.

—¿Qué sucede contigo? Está bien. Pasaré hoy por la tarde por la Jefatura. Te llevaré un pastel de manzanas.

—Gracias... —Weston colgó el auricular. No le estaba gustando el cariz que estaban tomando las cosas con Sara. Se fijó en la sonrisa socarrona de su ayudante, parecía que esperaba que hiciera algún comentario.

—Jefe... Sara es la chica más apreciada del pueblo.

—¿Chica? —preguntó Weston.

—Bueno, dama, si usted lo prefiere. Es correcta, nunca se ha visto involucrada en habladurías ni nada parecido.

—Dime, Flain, ¿hace cuánto tiempo vives aquí?

—¿Yo? —preguntó a su vez el ayudante—. Yo nací aquí.

—Entonces conoces muy bien a todos en el pueblo, ¿no es así?

—Así es —dijo Flain con suficiencia.

—¿Quién dirías tú que es la persona más extraña en este lugar?

—¿A qué viene esa pregunta?

—¿Siempre tienes que contestar con otra pregunta? Dime quién te parece a ti una persona rara, no es algo muy difícil, si conoces a todos.

—Aquí no hay nadie raro. Excepto por el chico Dimitri, claro.

—¿Por qué lo dices?

—Por lo que se sabe de él. Usted sabe mejor que nadie que estuvo en un manicomio, es un loco.

—¿Recuerdas quién lo declaró loco?

—Todos. Cuando ocurrió el incidente de su familia, el comisario fue uno de los que más enfatizó en ello. Su sobrina Sara también lo creía así. Usted debe saber que ella era novia de Wilfred, el hermano de Dimitri, que murió quemado aquella noche.

—¿El comisario era tío de Sara? Eso no lo sabía. Interesante... musitó Weston, sentándose tras su escritorio.

—Sí, jefe. Y Sara iba a casarse, todo el pueblo lo sabía.

—Así como se enteraron de que yo me casaré con ella.

—Usted sabe que en este pueblo las noticias vuelan. ¿Cuándo será la boda?

—Aún no hemos fijado fecha —respondió Weston, cortante— de manera que todos pensaron que Dimitri estaba loco. ¿Por qué? ¿Su comportamiento era extraño? ¿Había cometido muchas rarezas antes?

—A decir verdad, el chico no era como todos, el mismo Wilfred lo decía siempre, y siendo su hermano, debía saberlo mejor que nadie, ¿no cree usted?

—¿Pero tú trataste con él? ¿Lo viste hacer algo extraño?

—No. Yo nunca hablé con él. Él era muy chico para ser mi amigo ¿Comprende?

—¿Sabías que él daba clases a otros alumnos y recibía pago por ello?

—Algo, sí.

—Entonces, me puedes decir ¿cómo un loco puede dar clases?

—No lo sé, comisario, yo sólo sé que todos estaban de acuerdo en que el chico no era como los otros.

—¿Y sólo por eso lo enviaron a un manicomio?

—Recuerde que mató a su familia...

Weston prefirió dejar el asunto así. Era imposible hablar con tipos como Flain.

Dimitri había llamado diciendo que iría con Antón. *Tal vez sería buena idea llevar refuerzos*, pensó Weston, ya en casa. Cortó un pedazo del pastel de manzana que Sara dejó en la Jefatura. Extraño comportamiento el de Sara. Actuaba como si él fuese de su propiedad. Costó mucho trabajo convencerla de que no viniera esa noche. Y sería mejor que así fuese, porque no encontraría a nadie. Vio su reloj: las ocho y treinta. No debían tardar. Oteó por la ventana para ver si veía algo. El parque se veía desierto, la débil luz de los faroles formaba siluetas fantasmagóricas en los árboles sin hojas, y el viento y el frío arreciaban. Parecía que empezaría a nevar en cualquier momento. Empezaba a ponerse nervioso cuando sintió el ruido de un motor. Eran ellos. Justo en ese momento sonó el teléfono.

—¿Hola?

—Hola, mi amor, ¿interrumpo algo?

—No, por supuesto, bueno, sí... Sara, estoy trabajando en el informe —contestó Weston sin ocultar la contrariedad que sentía.

—Sólo quería darte las buenas noches... cuídate. Te amo. ¿Te gustó el pastel?

—Está delicioso, gracias, Sara, debo trabajar —Weston colgó y dejó el trozo de pastel a un lado, sin probarlo. Por un instante tuvo la sensación de haber cometido un error, pero no se detuvo a pensar en cuál.

Dimitri y Antón llamaban a la puerta con insistencia. Temió que Sara hubiese oído algo. Por un momento Weston se asombró por estar pensando en ella en esos términos.

—¿Estamos listos? —preguntó Antón entrando a la sala.

—Sí. Debemos irnos, ¿por qué tardaron tanto?

—Debíamos preparar algunos suministros. Uno nunca sabe qué puede suceder en el bosque. Llevamos linternas, cerillos, agua, cobertores, una carpa, un termo con café, combustible extra, binoculares, y otras cosas más.

—¿Piensan ir de campamento?

—Conozco el bosque, créame comisario. Y esta noche en particular parece que habrá tormenta. Suba a la camioneta y larguémonos. Tengo ganas de ver la cara del sujeto.

26

El camino hacia la parte del bosque que había indicado AA se hallaba interrumpido por enormes troncos, tuvieron que seguir a pie y llevar consigo todo el equipo que Antón había preparado. Con las mochilas en la espalda, empezaron el largo recorrido, tenían el viento en contra y estaba empezando a nevar. Después de media hora de avance forzado dieron con un pequeño claro, parecía que todo alrededor estuviese muerto o chamuscado. La nieve todavía no había terminado de cubrir el suelo y éste, era negro. Weston se agachó para tocarlo y estaba áspero, como si fuese alquitrán quemado o algo parecido. Dimitri se ayudaba con la linterna y veía el croquis que había preparado con AA, pero no estaba seguro de encontrar el lugar exacto. Las dudas empezaron a hacer estragos en él, y sintió miedo de haberse equivocado. Miró a Antón y Weston que se hallaban más o menos a quince metros. Habían dejado las mochilas en el suelo y lo estudiaban con detenimiento. ¿Qué sería lo que estaban haciendo? Dimitri miró al cielo como buscando a AA.

—¡Dime si estoy en el lugar correcto! —no pudo evitar exclamar en medio de su desesperación.

—Gira a tu izquierda y da un paso. Luego quédate ahí y no te muevas. Suceda lo que suceda no te muevas ni un milímetro —dijo AA.

—¡AA! ¿Estás llegando? —preguntó Dimitri, atónito.

—Aún no he partido. Faltan unos minutos para las once. Es demasiado tiempo.

—Está bien. Yo esperaré aquí sin moverme. Espero que todo salga bien.

—Si mis cálculos son correctos dentro de poco nos veremos las caras —dijo AA.

Dimitri supo que ya no estaba en su cerebro. Hizo unas señas a los hombres para que se acercaran, él no debía moverse.

—¿Encontraste el sitio exacto? —preguntó Weston.

—Estoy parado en él. AA dice que no me mueva, es mejor que ustedes se alejen un poco.

—No. Yo me quedo aquí —replicó Antón. Mientras acariciaba el fusil que tenía en las manos.

—¡Antón! ¿Qué diablos es eso? No vi que trajeras armas ¡Comisario, no permita que mate a AA!

—Tranquilo, Dimitri, no es para AA. Es por precaución, ¿comprendes? —él también tenía su arma. Le hacía sentir más seguro.

—Así es, hijo, no deseamos una invasión de marcianos... —dijo Antón. Te prometo no hacer daño al sujeto si viene solo.

Los tres hombres esperaron minuto a minuto a que fuesen las once. Los segundos se volvieron interminables. Weston no quitaba los ojos del reloj cuyo minutero y números fosforescentes resplandecían en la noche. Gotas de sudor cubrían su frente a pesar del frío nocturno. La tensión era inaguantable, Antón respiraba tranquilo, su ancho tórax subía y bajaba con calma y precisión, mientras sujetaba el rifle con firmeza.

Dimitri, inmóvil, aparentaba estar calmado a pesar de saber el riesgo que corría; para él era una cuestión de vida o muerte, pero su decisión de liberarse de la voz desde que tenía memoria era más fuerte que el miedo.

Weston vio la manecilla posarse en las once y justo en ese instante una luz intensa, potente, iluminó todo el bosque. La sorpresa hizo retroceder a ambos hombres, al mismo tiempo que dirigían la vista hacia el lugar donde estaba Dimitri, pero no pudieron ver nada cegados por el resplandor. En el silencio nocturno un zumbido extraño, casi inaudible, se hizo patente y se fue alejando hasta que la quietud y la oscuridad empezó a envolverlos. En el lugar donde se suponía debía estar Dimitri un extraño halo refulgía, como un aura de color azulado delineando su silueta, pero allí no había nadie. Ni él ni AA. Ni allí ni en ninguna parte. Todo había durado unos segundos. El silencio se vio interrumpido por el lejano aullido de un lobo.

—¡Dimitri! ¡Maldición! —reaccionó Antón— Dimitri... ¡Dimitri!... ¡Dimitri...! —gritó hasta quedar afónico.

—Basta. Ya basta, Antón. Se fue. Ya no está.

—¿Qué sucedió? ¿Cree que haya muerto achicharrado por la luz?

—No lo sé —dijo Weston pensativo—, creo que se fue. —Se agachó para mirar el lugar donde había estado Dimitri, buscando algún vestigio con la esperanza de que su teoría resultase cierta. Con alivio vio que no había nada. Ni cenizas, ni nada. Sólo el suelo liso y quemado como el que habían notado al llegar. Tocó el piso y lo sintió caliente. La nieve de los alrededores se había derretido y se habían formado charcos de agua. Apuntó la linterna hacia todos lados, pero no había nada. Excepto una especie de caja o cofre de regular tamaño. La tocó, estaba caliente.

—¿Qué cree que contenga? —preguntó Antón, en cuclillas, apoyándose en su rifle.

—No lo sé.

—Dimitri tenía una caja parecida, pero más pequeña. Yo le ayudé a abrirla, la sacó entre los escombros de su casa quemada —recordó Antón— Por extraño que parezca no le había sucedido nada, ni a su contenido. Y le digo que no era de metal.

Weston observó el cofre en silencio. Era la única prueba de que AA existía. *O había existido.* Miles de ideas le cruzaban por la mente. No se decidía a abandonar el bosque. Se quedaron hasta el amanecer recorriendo y mirando con atención todo el perímetro. Una circunferencia de unos veinte metros de diámetro de tierra negra como el carbón. *¿Y si efectivamente se habían achicharrado, como dijo Antón?* Caviló Weston. Pero esa marca había estado ahí antes. En ese momento no había vestigios de restos quemados. Finalmente decidieron que era hora de regresar. Antón cargó la caja y la acomodó entre los bultos que llevaba a cuestas. Ambos caminaron cabizbajos hasta donde dejaron la camioneta. Una pesada sensación de pérdida recaía sobre ellos. *Algo debió salir mal. Están muertos*, pensó Weston, imaginó que tal vez estuvieran vagando por el espacio infinito, evitó comentarlo con Antón para no hacerlo sentir peor.

—Sabía que ese desgraciado marciano se traía algo entre manos... —murmuró Antón al ponerse al volante—, Dimitri era demasiado ingenuo. ¿Cómo pudo creerle?

—En todo caso nos engañó a todos. Quién sabe si él mismo desapareció también. Aunque la caja es muestra de su buena intención. Debemos abrirla, tal vez su contenido nos indique algo.

—Yo sé cómo abrirla. Le dije que abrí una parecida, era más pequeña pero el mecanismo debe ser el mismo.

Una vez en la cabaña, después de manipularla, Antón logró abrirla con un pequeño golpe en una ranura. Sonó un pequeño clic y la tapa saltó hacia arriba. El asombro de ambos no tuvo límites cuando vieron su contenido. Diamantes, cantidades de ellos, tallados con maestría, turquesas, ópalos, y toda una gama de piedras preciosas aparecieron ante sus ojos a medida que abrían cada uno de los compartimentos. Algo increíble. *AA no había mentido, él pensaba venir por Violet, había traído lo prometido. Entonces... ¿Qué había sucedido?* Pensó Weston. Una hendidura en el fondo parecía contener algo. Weston encontró la forma de sacarlo y se dio cuenta de que era algo parecido a un pequeño chip. Dos agujeros mínimos en la parte interna de la tapa del cofre sugerían que podía insertarlo ahí. La voz de AA inundó el ambiente. Weston la reconoció por sus ya familiares inflexiones.

Querido Weston, si me estás escuchando es porque algo salió mal. Pero no te preocupes, fue mi elección y la de Dimitri. Te mentiría si te digo que sé dónde se encuentra él. Lo más probable es que haya desaparecido, al igual que yo. La energía usada para este viaje fue demasiada, y yo no tuve mucho tiempo para perfeccionar mi esfera. Está bien, prefiero la muerte a la vida en un lugar donde no pertenezco. Dale mi amor a Violet y entrégale los diamantes que tanto le gustan. Puedes quedarte con algunos, es un obsequio de mi parte. Espero que Violet sepa criar a nuestro hijo que fue concebido con amor. Adiós, AA".

—¿Un hijo? —preguntó Antón, sin comprender bien.

—Creo que Violet está embarazada de AA.

—No. No puede ser, ella está embarazada de Dimitri, fue él quien tuvo relaciones físicas con ella —razonó Antón.

—Es posible que sea una combinación de ambos...

—¡Desgraciados! ¡Lo sabía! ¡Sabía que ese par de hijos de perra se traían algo juntos! ¡Se lo dije a Dimitri! Y él me aseguró que no era así.

—Cálmate, Antón, ellos ya no están más aquí. Y tu hija tendrá un nieto tuyo. Creo que con tantos diamantes, dejará ese trabajo, ¿no te parece?

—Comisario, ¿me escucha?

Weston giró en redondo para ver de dónde provenía la voz. Era la voz de Dimitri.

—¡Dimitri! ¿Eres tú? ¿Dónde estás?

—En su cerebro. Pero no tema, será la única vez que me comunique con usted. Estoy en Gema, y estoy satisfecho. Todo es aquí como debe ser, tengo el cuerpo de AA, me acabo de ver en un espejo y luzco bastante bien. Me estoy comunicando a través del equipo que dejó AA. Su cerebro artificial me indicó la forma de utilizarlo. También tengo un robot multiuso que es un portento de tecnología. Dígale a Antón que Violet tendrá un hijo mío y de AA. Una buena, excelente combinación.

—Dimitri, no te vayas aún, dime, ¿dónde está AA?

—Desapareció. No pudo hacer la transferencia completa y prefirió sacrificarse. Él no deseaba vivir más en Gema. ¡Ah! Otra cosa que tenía que decirle: cuídese de Sara. Ella fue quien quemó a mi familia, encontré los datos en el cerebro artificial. Creo que debería estar en un manicomio. Despídame de Antón. Adiós, comisario.

—Dimitri... ¡Dimitri! —Llamó Weston, pero supo que era en vano. Ya no escuchaba más la voz en su cerebro.

Antón observó con desconfianza al comisario. Guardó silencio el resto del camino y al llegar a la cabaña, después de descargar los bultos y dejarlos en el piso, Weston lo llevó al porche donde sólo días atrás Dimitri había conversado con él. Empezó a relatarle con calma palabra por palabra lo que había escuchado mentalmente. Cuando terminó de hablar, Antón dio un largo suspiro.

—Creo que mi nieto ha de llamarse Dimitri... Dimitri Galunov.

—Ahora sabemos que Dimitri no mató a su familia.

—Yo siempre lo supe.

—Debo arrestar a Sara. Me espera un largo trabajo, la forzaré a que confiese, y creo que lo hará. No está bien de la cabeza y eso se puede comprobar... afortunadamente, también soy psiquiatra —sonrió. Elevó los ojos al cielo aún en penumbra de esa mañana invernal, murmurando para sí —adiós, Dimitri... Adiós.

El zumbido del celular interrumpió la tranquila madrugada.

—¿Comisario? ¡Estuve tratando de ubicarlo durante toda la noche!

—¿Qué sucede Flain? —preguntó Weston intrigado.

—Su casa... su casa se incendió anoche. Es necesario que venga, gracias a Dios usted no se encontraba allí... —dijo Flain— ¿Dónde estaba? —preguntó con su habitual curiosidad.

—Después te explico. Voy de inmediato para allá.

—Sara me facilitó las cosas... —dijo Weston mirando a Antón. Parece que quemó mi casa.

—Al ver su coche debió pensar que usted estaba allí.

—Así es... —será mejor que vaya. Te devolveré la camioneta más tarde.

—Comisario, sólo una pregunta: ¿a usted le agrada Violet?

Weston se quedó un momento pensativo. Vaya que sí le gustaba, ¿y a quién no? Pero era una mujer que estaba acostumbrada a escoger.

—Claro, Antón, por supuesto. —Subió a la camioneta y la puso en marcha.

Antón vio desaparecer el vehículo bajo la débil nevada en el sinuoso camino al pueblo. Todo parecía estar empezando a arreglarse, a ubicarse en su lugar. El canto del gallo le recordó que debía recoger los huevos, ordeñar a la vaca y seguir con su vida. Un profundo suspiro escapó de su pecho; después de todo, Old Village seguía siendo un pueblo tranquilo.

Se encaminó al gallinero mientras el aullido persistente de un lobo se perdía en la lejanía.

Blanca Miosi

Blanca Miosi nació en Lima (Perú), y vive desde hace muchos años en Venezuela. Publicó su primera novela La Búsqueda, (Roca Editorial) 2008, una obra basada en la vida de su esposo, superviviente de Auschwitz y Mauthaussen, tuvo una gran acogida internacional. Fue ganadora del Thriller Award en el 2007.Asistió como representante del Perú Asociación Mundial de Mujeres Periodistas y Escritoras (AMMPE) en noviembre 2012, en esta ocasión en Taichung, Taiwán; en cuya ponencia habló acerca de la publicación digital y el uso de las redes sociales para beneficio del escritor.En octubre 2015 Amazon la invitó como ponente en Amazon Academy en la ciudad de Madrid, España, en ocasión de que su novela La búsqueda fue la novela en español más vendida de todos los tiempos en Amazon.

En julio de 2017 fue invitada especial al Perú por Amazon para promover el 4° Premio Literario de Amazon como miembro del jurado.

Fue jurado en 2018 del 5° Premio Literario de Amazon y también será jurado este año 2019 en el 6° Premio Literario de Amazon.

Ha publicado a través de las editoriales españolas: Ediciones Roca, Viceversa y Ediciones B. En la actualidad sus obras son exclusivas de Amazon, y la Trilogía El manuscrito fue seleccionada para ser publicada a través de su sello editorial, Amazon Publishing.

Próximamente saldrá en Audible Originals su novela *Dos caminos, un destino.*

Novelas publicadas

La búsqueda, El legado, Dimitri Galunov, El cóndor de la pluma dorada, El piso de la calle Ryden, La última portada, Amanda, El manuscrito II El coleccionista, El gigoló, ¿Quién era Brian White?, El pacto, El rastreador, La lista, El sustituto, Hijo del pasado, dos caminos un destino.

El secreto - El manuscrito I
El coleccionista - El manuscrito II
El retorno - El manuscrito III

Sus novelas están traducidas al inglés, francés, alemán, turco y chino y editadas en formatos de papel, digital y audible.

CPSIA information can be obtained
at www.ICGtesting.com
Printed in the USA
LVHW041926271222
735870LV00004B/126

9 781080 010721